사카모토 상점
프랜차이즈 계획
• 비용 절감
• 서비스 안정화
• 정보의 일원화
피스케
SAKAMO
KB264985

SHIN
SAKA MOTO DAYS
사카모토 데이즈
Yuto Suzuki / Renka Misaki
SAKAMOTO DAYS KOROSHIYA NO METHOD ©2023 by Yuto Suzuki, Renka Misaki /SHUEISHA Inc.

TODAYS
마스코트 직원 ⇒ 하나
木薯
啤酒 烧酒
养乐多
pork noodles
mixed rice
Yu linchi
Mabo tofu
please
기획부
신
영업부
우
TODAYS

SAKAMOTO DAYS

사카모토 데이즈

킬러들의 방식

원작
Yuto Suzuki

소설
Renka Misaki

ORDER

살연 직속 특무부대이자 최고전력. 킬러 업계의 질서를 유지하는 존재.

사카모토의 킬러 시절 동기. 변장술의 달인이다.

사투리를 쓰는 유유자적한 남자. 장도리로 싸운다.

호리호리한 외모와 달리, 거대한 전기톱을 휘두른다.

✕의 조직

살연 소속 살인청부업자를 표적으로 삼는 수수께끼의 조직. 그 전모와 목적은 베일에 싸여있다.

조직의 보스. 사카모토와 과거에 악연이 있는 듯한데?!

혼자서 살연 관동지부를 괴멸 직전까지 몰고 간 실력자.

✕(슬러)를 숭배한다. 인공골격으로 개조한 불사의 몸을 지녔다.

STORY

최강의 킬러가 있었다——. 그 이름은 사카모토 타로. 모든 악의 조직의 공포의 대상이자 모든 킬러들의 동경의 대상이었던 그가 어느 날 사랑에 빠졌다!! 은퇴, 결혼, 딸의 탄생, 그리고—— 사카모토는 살이 쪘다!!

사랑하는 아내 아오이, 그리고 딸 하나와 보내는 평화로운 나날을 지키기 위해, 오늘도 킬러 시절 부하였던 신과 함께 사카모토는 암약한다!

……그런 사카모토 & 그의 주변 사람들이 보내는 일상과, 평범한 사람들이 보내는 일상이 같을 리 없는 법.

사카모토 일가가 함께한 캠핑장에서 신과 나구모가 낚시 대결을 펼치고, ORDER 시시바와 오사라기의 라멘 맛집기행, ✕(슬러)의 심복인 카시마의 소소한 휴식, 하나 시점에서 본 사카모토 상점의 어느 하루까지……. 본편에서는 들여다볼 수 없었던 일상을 소설로 즐겨보자!!

SAKAMOTO DAYS 사카모토데이즈 등장인물소개

사카모토 타로

전직 최강의 킬러. 현재는 한적한 동네에서 '사카모토 상점'이라는 개인 상점의 점장으로 있다. 말이 없으며 대식가. 포동포동하게 살이 올랐으나 암살 기술 등 킬러로서의 스킬은 건재하다. 아내와 딸을 지극히 사랑한다. 전직 ORDER 출신이다.

사카모토의 옛 부하이며, 다른 사람의 마음을 읽을 수 있는 초능력자. 사카모토의 도움을 받은 후 가게의 일원이 됐다. 사선을 뚫고 '미래를 읽는' 능력을 얻었다.

마피아의 딸. 적대 조직의 손에 부모님을 잃고 쫓기고 있을 때, 사카모토와 신 덕에 목숨을 건지고 가게의 일원이 됐다. 술에 취하면 권법의 달인이 된다.

사카모토 아오이 & 하나

사카모토의 인생을 바꾼, 소중한 아내와 딸.

CONTENTS

킬러
캠프

SAKAMOTO DAYS

坂本商店

가을빛으로 물든 아름다운 산을 본 여섯 명의 입에서는 '오오~'라는 감탄이 튀어나왔다.

10월의 산은 선선했고, 산 정상부터 기슭까지 그라데이션으로 물든 단풍을 즐길 수 있었다.

햇볕은 따스했으나, 스치는 바람이 가끔 선득했다.

아사쿠라 신은 바람막이 점퍼의 지퍼를 목 끝까지 끌어올리며 생각했다.

——역시 이걸 선택하길 잘했어.

금발과 어울리는 라임그린색 바람막이는 오늘을 위해 사카모토 상점에서 번 알바비로 새로 장만한 것이었다.

이 정도면 쾌적하게 즐길 수 있겠다며, 신은 설레는 마음으로 조금 높아진 하늘을 바라보았다.

"사카모토 씨, 일단 짐부터 풀까요?"

신은 사카모토 상점의 점장 —— 사카모토 타로에게 물었다.

불룩하게 튀어나온 배, 목과의 경계를 분간하기 어려운 푸들푸들한 턱. 그 실루엣은 킬러 시절과 달라 마치 다른 사람 같았다.

변함없는 건 최강이라는 점과 동그란 안경, 그리고 말수가 적은 점 정도일 것이다.

신의 질문에 사카모토는 속으로 이렇게 대답했다.

[그래. 텐트는 내가 치마.]

"알겠습니다."

신은 고개를 끄덕이고 바로 행동으로 옮겼다.

신이 어떻게 사카모토의 생각을 알아냈느냐. 그것은 신이 다른 사람의 마음을 읽을 수 있는 초능력자이기 때문이다. 그런 특수한 능력을 지닌 신 역시 사카모토와 마찬가지로 전직 킬러였다.

독특한 과거를 지녔으나 이렇게 있으니 어디서나 흔히 볼 수 있는 평범한 아저씨와 청년으로 보였다. 특히 즐거워 보이는 신은 그저 캠핑을 고대하는 젊은이 같았다.

"우와……. 이거 인기 브랜드 신상 맞죠? 대박!"

"오늘을 위해 큰맘 먹었지~. 그죠, 당신?"

짐을 내리는 신을 보고 웃으며 대답한 사람은 사카모토가 사랑해 마지않는 아내 아오이다.

어깨까지 내려오는 머리카락을 뒤로 한데 묶은 그녀 역시 캠핑 준비에 기합이 잔뜩 들어간 모습이다.

그 옆에서 마시모 헤이스케의 목마를 탄 채 씩씩하게 말을 이은 건, 사카모토와 아오이의 딸 하나였다.

"그리고, 그리고 슈가 체어도 샀어!"

"오오~ 정말~~? 그 엄청난 인기를 자랑하는 토끼 말이지? 역시 타로야!"

슈가는 도쿄 슈가 파크라는 놀이공원의 마스코트다. 강하고 뚱뚱한 토끼라는 조금 특이한 설정의 캐릭터지만, 아이들 사이에서는 엄청나게 인기몰이 중이라고 한다. 하나 역시 엄청 좋아한다.

참고로 헤이스케는, 오늘 새벽에 피스케와 함께 가게 근처를 산책하다가 우연히 캠핑을 떠나려는 그들과 만나 그 길로 합류하게 된 케이스였다.

헤이스케는 조금 바보 같은 구석이 있으나, 여차할 때는 그 타이밍을 놓치지 않았다. 딱 저격수다운 특질이다.

아무런 준비 없이 합류한 헤이스케와 피스케는, 캠핑에 합류하는 대신 싱싱한 고기를 조달하겠노라 장담했다.

"점장님, 손이 크네. 하아, 나도 입는 침낭 살걸."

불명확한 발음으로 중얼거린 사람은 신과 함께 사카모토 상점에서 일하는 루 샤오탕. 통칭, 루. 루는 놀랍게도 유명한 마피아 가문의 영애이며, 태극권 유단자다.

양 갈래로 땋은 머리를 만두처럼 돌돌 말고 남은 일부를 늘어

뜨린 헤어스타일부터가 중국인임을 연상시키는 루는, 신에게는 손이 많이 가는 후배이자 동생 같은 존재였다.

신은, 툴툴거리면서 보고 있기만 한 루를 한심하게 바라보며 신경을 긁는 소리를 던졌다.

"하긴, 평범한 침낭에서 잤다간 밖으로 탈주하고도 남을 만큼 잠버릇이 고약하니까."

"시끄러워. 신도 이상하게 자면서."

"뭐? 없는 얘기 지어내지 마."

"지어낸 거 아니야. 나 봤어. 멋진 척하며 자는 거."

한쪽 팔을 베고 자는 신——의 영상을 루가 떠올리고 있다는 것을, 신은 바로 확인했다.

"야, 상상하지 마."

"너, 또 멋대로 마음을 읽었지?!"

늘 그랬듯이 바로 투닥투닥 말싸움을 시작하는 신과 루.

그러던 중, 신의 뇌리에 사카모토가 내는 마음의 소리가 튀어 들어왔다.

[신, 짐 빨리.]

"넵! 바로 가겠습니다!"

신은 루를 내버려 두고, 다시 짐을 나르기 시작했다.

신과 루, 헤이스케와 피스케, 그리고 사카모토 일가. 총 여섯 명과 한 마리가 타고 온 미니밴(렌트카)에서 캠핑 도구를 내려 사카모토에게 건넸다. 짐을 받아든 사카모토는 편히 쉬기에 적절해 보이는 나무 그늘을 찾아, 척척 텐트를 치기 시작했다.

사카모토 일가의 터전인 이코라이자카에서 차로 약 2시간 반을 달려온 이곳.

넓은 부지 안에 대규모 레저시설을 갖춘 데다 가까운 곳에 강까지 있는 이 캠핑장은, 오래전에 신이 인터넷으로 찾아낸 숨겨진 명소였고, 이번이 두 번째 방문이었다.

예전에 왔을 때는 몹시 더운 계절이었기에 수상레저를 만끽하다가 '하나는 물고기 낚을래!'라며 잔뜩 신이 난 하나와 낚시를 즐긴 후, 갓 잡은 물고기를 불에 구워 먹었다.

사카모토가 잡은 물고기 크기가 어마어마해서 물고기를 본 루의 눈이 튀어나올 것처럼 휘둥그레졌던 걸 기억한다.

이번 캠핑을 위해 알바비를 열심히 모아 바람막이와 낚시 도구를 새로이 마련한 신은, 속으로 다짐한 바가 있었다.

오늘은 가장 큰 물고기를 낚아서 저녁 바비큐를 호화롭게 장식하고 말겠노라는……!

그리고 신은 낚시터가 아닌 강 낚시에 도전해볼 생각이었다.

──어렵겠지만 그래서 더 도전해보고 싶어.

이날을 위해 신은 잘 잡힌다는 낚시 포인트까지 알아봐 뒀다.

──기대해주세요, 사카모토 씨! 최고의 식재료를 잡아 오겠습니다!

헤이스케가 육고기를 사냥해오기로 했기 때문에, 신의 의욕은 더더욱 부풀어진 상태였다.

그러려면 낚시하기 전에 모든 준비를 해둬야 한다.

텐트 주변은 사카모토가 맡기로 했고, 헤이스케와 피스케는 바로 사냥에 나섰다.

그래서 신은 루와 함께 장작을 주워 오기로 했다.

"야, 루. 농땡이 피지 말고 제대로 주워."

"잘 줍고 있잖아. 넌 눈이 발에 달렸어?"

그렇게 말하며 당당하게 손바닥을 펼치는 루의 손에는 '그게 이쑤시개지 장작이냐!'라는 말이 절로 튀어나올 만큼 작은 나뭇가지 몇 개가 들려있었다.

"그런 작은 나뭇가지로 뭘 하게? 좀 괜찮은 장작 거리를 주우라고. 내가 주운 걸 봐. 차원이 다르잖아."

자신만만해하는 신의 발치에는 나뭇가지가 산처럼 쌓여있었다.

"그만큼 있으면 충분하겠네."

"부족해. 이 정도는 금세 다 쓸걸? 적어도 이 2배…… 아니, 3배는 필요해."

진지한 신을 보고 루는 볼멘소리를 했다.

"으엑~~~."

"그 반응은 뭐냐? 이게 없으면 바비큐도 못 한다고."

"오면서 사지."

루는 대놓고 불만을 표했다.

캠핑장에 오는 길에 들른 몇 군데 가게에서 장작을 파는 걸 봤기 때문이다.

한 묶음에 500엔. 굳이 이 고생을 하지 않아도 쉽게 구할 수 있었다.

그러지 않은 이유는 신이 쓸데없는 고집을 부렸기 때문이었다.

"현지에서 조달할 수 있는 건 가능한 현지에서 조달한다! 그게 캠핑의 묘미라고. 사카모토 씨와 야영 훈련을 하던 시절에도──"

"킬러 시절에나 하는 특훈이 아니잖아, 이건."

루가 더더욱 부루퉁해진다.

이건 훈련이 아니라, 사카모토 일가와 함께하는 캠핑 여행이었기에.

루는 빨리 놀고 싶어 근질거렸던 것이다.

——젠장. 이럴 줄 알았으면 이 녀석 말대로 사 올 걸 그랬어.

장작을 줍는 데 시간이 걸리자, 신은 살짝 초조해졌다.

신 역시 한시라도 빨리 이 작업을 마치고 낚시하러 가고 싶었다.

"아무튼 맛있는 저녁을 위해서니까 협조해."

"하지만 이 근방의 나뭇가지는 다 주웠는걸. 더 필요하면 나무를 베는 수밖에 없다고!"

"당연히 그건 안 되지. 좀 더 안쪽으로 들어가 보자."

"알았어, 알았어."

속으로 [신은 이상한 데에서 의욕적이라 귀찮아.]라고 불만을 흘리는 루의 엉덩이를 발로 찬 신은 숲 안쪽으로 걸음을 옮겼다.

산책로를 벗어나 노랗고 빨갛게 물든 나무 사이로 들어간다.

5분 정도 지나자, 빼곡한 나무에 빛이 차단돼서 어둑어둑해졌다.

"어두워서 기분 나빠. 이렇게 깊숙이 들어와도 돼?"

"이 정도는 문제없어."

"근데 으슬으슬한 게…… 뭔가 나올 것 같단 말이야."

"뭐가?"

루는 기분 나쁘도록 얌전히 말했다.

"캠핑장을 찾은 젊은이를 노리는 괴물이나 그런 거."

"공포영화냐?"

확실히 해외 B급 호러물에 나올 법한 풍경이긴 하다.

바람이 불 때마다 나뭇잎이 술렁거리며 스산한 분위기를 더했다. 거기에 깜짝깜짝 놀라서 소리를 지르는 루 때문에 정신 사나워서 견딜 수 없었다.

"곰이나 늑대 같은 게 나오면 어떡해?"

"늑대 같은 건 벌써 멸종됐고, 곰도 그렇게 쉽게 나타나진 않는다고."

부스럭

"히익?!"

어디선가 들려오는 수상한 소리에 화들짝 놀라 신에게 달라붙는 루.

"바바바방금 그 소리는 뭔데?!"

"소리 좀 지르지 마."

"설마 진짜 괴물?!"

파랗게 질린 루의 눈에는 눈물까지 고여 있다.

신은 말도 안 된다며 루를 비웃었다.

"그럴 리 있겠냐? 그만 잡아당겨."

"곰일지도 모르는 거잖아!! 잡아먹히기 전에 해치워야 해!"

파랗게 질린 채, 어떻게 숨겨왔는지 낚시 가방을 꺼내는 루.

그 모습을 보자, 이번에는 신의 얼굴이 파랗게 질렸다.

"야, 그걸 네가 왜 들고 있는데?!"

"신이 신나서 차에 싣는 걸 봤거든. 손도끼나 뭐 그런 위험한 도구 맞지? 이런 일이 있을까 봐 내가 챙겨 왔지!"

"야, 멋대로 열지 마!"

도구는 맞았지만, 그건 저금을 탈탈 털어 산 낚시 도구.

이런 데서 휘두르기라도 했다가는 큰일 난다.

그렇게 생각하고 있는데, 아니나 다를까 루는

"뭐야, 이거! 이렇게 가는 막대기로 어떻게 싸워!"

"막대기 아니라고! 로드라고! 그리고 낚싯대 휘두르지 마! 고장 난다고!"

"흐어어엉 ——! 난 잡아먹히고 싶지 않아 ——!"

"알았으니까 낚싯대 이리 내! 그리고 조용히 좀 해!"

왁왁 소리 지르는 루의 입을 틀어막는데, 또다시 무슨 소리가 들렸다.

동시에 무언가가 다가오는 기척이 느껴졌다.

—— 살기는 없네.

그냥 작은 야생동물일 거라고 신은 생각했다.

그때, 뭔가 휙 날아왔다.

순간 전투 태세를 갖추는 신과, 흠칫 몸을 떠는 루.

두 사람 앞에 나타난 건 아니나 다를까 그냥 다람쥐였다.

"뭐야……. 다람쥐였어? 깜짝 놀랐잖아~."

"그럴 줄 알았다. 야, 얼른 장작이나 주워."

루가 놀라 떨어뜨린 낚싯대를 집어 들고 나서야 신은 안도의 한숨을 쉬었다.

긴장이 풀린 두 사람이 다람쥐가 튀어나온 수풀을 뒤로한 그 다음 순간.

혹하고 덮치듯이 떨어져 오는 그림자가 있었다.

—— 응?

동시에 뒤돌아본 신과 루의 눈에 들어온 건, 수풀 안쪽에서

이쪽을 보고 있는 거대한 몸이었는데 ──?

"!!!"

"꺄 ─── 악!"

"크아~앙."

비명을 삼킨 신과 입에 거품을 문 루는, 그 상대와 눈이 마주치자마자 정신을 차렸다.

그곳엔 아는 얼굴이 있었기 때문이다.

"어, 어떻게 네가……!"

"여기 있는 건데?!"

"아하하, 놀랐어? 나였습니다~."

그림자의 정체는, 다름 아닌 나구모였다.

일본 살인청부업자 연맹 ── 통칭, 살연 특무부대인 ORDER 소속이자, 사카모토와 오랜 지기이기도 한 나구모는 강한 데다 방심할 수 없는 남자였다. 동시에 신과 루에게는 약간 천적 같은 존재이기도 했다.

"놀랐어~? 놀랐구나~? 둘 다 딱 굳던데~."

"이이이익! 여전히 악취미야!"

"평범하게 나오면 어디 덧나나?"

"아하하, 미안~."

킬러 캠프
부들
부들
뽀글
뽀글

신과 루가 나구모를 퍽퍽 때리기 시작했으나, 나구모는 아파하
는 기색조차 없었다.

"오, 뭔가 재밌어 보이네. 나도 끼워달라고 할까 봐."

그렇게 난데없이 나타난 나구모와 함께 사카모토 일가가 있는
곳으로 돌아온 신과 루.

마침 사카모토는 아오이와 하나의 도움을 받아 텐트 설치를
마친 참이었다.

그걸 본 나구모의 입에서 제일 먼저 튀어나온 말이 조금 전의
그 말이다.

당연히 신과 루의 얼굴은 이루 말할 수 없이 떨떠름해졌다.

사카모토 역시 의아해하는 얼굴이다.

"으응? 너희들 표정이 왜 그래? 벌레라도 먹었어?"

"나구모, 너…… 여기 뭐 하러 왔냐."

"당연히 놀러 왔지~."

웃는 얼굴이 몹시 수상하다.

그보다 나구모가 혼자 이런 캠핑장에 놀러 올 리 없다.

흰 셔츠에 먹으로 물들인 것 같은 검은 정장을 입은 나구모의
평소 복장이 캠핑장과 너무나 안 어울렸다. 늘 들고 다니는 가방

을 든 걸로 보아 임무 때문임이 확실하다.

"문제 일으킬 거면 가라."

"미안 미안. 사실은 임무 때문이야~."

그렇단 건 누군가를 죽이고 오는 길이라는 걸까.

"근데~ 이런 산 깊은 곳까지 사람을 보내다니 진짜 너무하지 않아~? 너희를 만난 건 정말 우연이야."

"그럼 그대로 가면 되겠네."

루가 생글거리는 나구모를 노려보며 말했다.

"헤에~ 나 피곤한데~."

"네가 피곤을 느낄 때도 있냐?"

"둘 다 너무해~. 나도 사람이야~."

그렇게 말하며 나구모는 계속 생글거렸다.

"아무튼 난 반대. 이 녀석을 끼고서 좋은 꼴을 못 봤어."

"동감."

"너무해~."

유난히 달라붙는 게 더 수상쩍어서, 신과 루는 완전히 경계하고 있었다.

기껏 온 캠핑장에서 험악한 분위기가 조성되기 시작했다.

그 분위기를 단숨에 바꾼 건 한없이 밝은 하나의 목소리였다.

“신 오빠, 루 언니. 친구랑은 사이좋게 지내야지!”

“이 자식이 왜 친구야?”

“엥~ 정말? 나 서운해~.”

“생글거리면서 뭐라는 거야!”

“사카모토, 나도 껴도 되지―?”

나구모가 도움(?)을 요청하자, 사카모토는 생각에 잠겼다.

“………….”

“아빠, 친구를 따돌리면 안 되는 거야. 그치?”

하나가 크고 동그란 눈으로 바라보자, 사카모토는 바로 결론을 내렸다.

“캠핑은 다 같이 한다. 나구모도 껴.”

“사카모토 씨?!”

“점장님!”

“신이랑 루, 둘 다 거기까지. 그럴 수도 있지 왜.”

납득이 가지 않는 신과 루였지만, 아오이까지 그렇게 나오니 더는 반대할 수 없다.

“알겠습니다. 근데…… 방해는 하지 마라.”

“당연하지―.”

“그리고 여기 있는 동안 살인은 안 돼. 절대.”

"네~~에. 나도 알아, 사카모토."

——이 자식, 진짜 알고 있는 거 맞아?

나구모가 웃으면 웃을수록 나구모에 대한 신뢰도가 떨어지는 신이었다.

그러나 사카모토가 허락한 이상, 받아들일 수밖에 없다.

신은 마음을 바꾸기로 했다.

왜냐하면 이제부터 기다리고 기다렸던 낚시 타임이니까.

참고로 사카모토 일가는 하나의 희망에 따라 레저시설 완전 공략에 도전할 예정이다. 리뉴얼되어서 여름에 왔을 때보다 난이도가 높아졌다는 소식을 들은 하나가 몹시 기대하고 있다는 얘기를 출발 전부터 들었다.

루도 '하나랑 정글짐 할 거야' 라고 했으니까 저쪽에 붙겠지.

신은 혼자 강에 갈 생각이었다.

——기대해주세요. 저녁거리로 커다란 물고기를 잡아 올게요!

드디어 고대했던 순간이 오자, 신은 설레는 마음을 주체할 수 없었다.

그랬는데 ——

목적지인 강에 도착하자마자 신의 절규가 울려 퍼졌다.

“네가 왜 따라오는 건데?!”

“어? 사카모토 애기 안 들었어? 내가 먹을 건 알아서 조달하라잖아~.”

“아니, 그 애긴 들었지만!”

“그럼 뭐가 문제야~.”

——아니, 문제 있어! 넘치게 있다고!

나구모와 둘이 사이좋게(?) 낚시를 하게 될 줄 생각이나 했겠는가!

아니, 딱히 ‘사이좋게’ 하라고 한 건 아니니 내버려 두면 될 일이지만, 아무래도 나구모라는 존재가 신경 쓰이는 신이었다.

신의 반응 따위는 신경 쓰지 않는 나구모가 말을 이었다.

“그거 아까 그 낚싯대야? 새거네. 일부러 마련한 거야~? 빌려볼까.”

“사람 말 좀 들어! 그리고 누가 빌려준대?!”

“너, 생각보다 속이 좁구나.”

“속이…… 좁다고?!”

어떻게 이렇게 얄미운 소리만 골라 할까.

신은 부글부글 끓다 못해 속이 뒤집힐 것 같았다.

그러나 나구모는 뭐라고 반박하든 귓등으로도 듣지 않을 거란 걸 너무나 잘 알고 있었다.

정말이지, 무슨 생각을 하고 있는지 전혀 알 수 없는 '방심할 수 없는 놈'인 것이다.

신은 감정을 꾹 누르고 입을 열었다.

"이건 오늘을 위해 새로 마련한 거고, 너한테 빌려줘야 할 의무는 없어. 그리고 너한테는 관리사무소에서 빌려온 낚시 도구가 있잖아?"

낚시터를 갖춘 캠핑장이기에 낚시 도구를 빌릴 수 있다. 다만, 구식 낚싯대밖에 없다는 게 아쉬운 점이었다.

"너 혹시, 도구에 의존하는 스타일?"

"뭐?"

"그랬구나~. 그런 스타일이었구나~. 그럼 어쩔 수 없지 뭐. 좋은 최신 장비를 쓰면 임무도 완벽히 해낼 수 있다고 생각하는 그런 스타일이었구나."

듣고 넘길 수 없는 말이 이어지자, 신의 눈썹이 꿈틀거렸다.

"잠깐. 야, 우리 지금 낚시 얘기하는 거 아니었나?"

"하나를 보면 열을 안다잖아. 사카모토라면 도구는 신경도 안 쓸걸?"

──이 자식이……!

신은 갈등했다.

이런 소리를 들었는데도 도구에 집착하면 모양 빠질 것 같다.

사실 사카모토라면 맨손으로도 물고기를 잡을 수 있을 거다.

그렇다고 흔쾌히 빌려주기는 싫었다. 오늘을 위해 고르고 또 고른 낚싯대다.

본인이 쓰고 싶은 게 당연하다.

"그럴 수 있지 뭐. 도구에 의존하는 게 나쁜 건 아니니까."

계속되는 나구모의 발언에, 신은 욱해서 반박했다.

"……딱히 의존하는 건 아니거든?"

"응? 그럼 어떤 낚싯대든 상관없다는 얘기?"

"당연하지. 날 너무 얕보지 마라."

"그럼 내가 그거 써도 되지?"

"큭……. 마음대로 해!"

이렇게까지 바보 취급을 당할 이유는 없다고 생각하며 새 낚싯대를 건네주려다가, 신은 정신을 차렸다.

"너…… 이러려고 밑밥 깐 거지?"

"아, 들켰어? 거의 넘어왔는데~"

정말 방심할 수 없는 놈이다.

——이 녀석의 도발에 넘어가면 제대로 되는 일이 없어.

나구모의 페이스에 휘말리면 귀찮기 짝이 없다는 건 잘 알기에, 신은 무시하며 낚시에 집중하기로 했다.

그랬는데.

"여기 말인데~ 물살이 꽤 빠르네~. 다른 데서 하는 게 좋지 않을까~?"

신이 낚시를 시작한 지 몇 분 되지 않아 나구모가 말을 걸었다.

"의외로 이런 곳에 물고기가 숨어있는 법이라고."

"뭔가 초짜나 할 법한 소리 같은데—?"

"으…… 그런가?"

"낚시하다 보면~ 시간이 천천히 흐르잖아~. 가만히 기다리기만 하면 되니까~. 다음엔 시시바한테 같이 하자고 해볼까~? 왠지 좋아할 것 같은데!"

——이 자식은 아까부터 옆에서 시답잖은 소리만…….

물고기가 잡히기 전까지의 시간을 고요히, 느긋하게 기다리는 것이 낚시의 묘미인데.

나구모는 입을 가만히 두지 않았다.

풍경이고 운치고 다 버린 느낌이다.

게다가.

"앗, 네 낚싯대가 팽팽해진 것 같은데? 큰 게 걸렸나 봐!"

"진짜?"

저도 모르게 반응하고 만 신이었는데, 낚싯대는 미동도 하지 않고 있었다.

"재밌냐?!"

"아하하. 너무 멍하니 있는 거 아냐~? 그러다 금방 죽어~."

즐거워 보이는 나구모의 웃음소리에 짜증이 치솟았다.

"낚시할 때 멍하니 있는 게 뭐가 어때서."

"누군가 목숨을 노리고 있는데도?"

"뭐?"

"설마 몰랐어? 아까부터 저기……"

나구모의 얼굴에서 순식간에 웃음기가 사라지자, 심장이 덜컥 내려앉았다.

──설마……. 이런 캠핑장에까지 사카모토 씨를 노리는 자객이……?

순식간에 임전 태세를 취하고 주위를 둘러보는데……

"막 이러고~ 뻥이었습니다~."

"뭐라고오오오?"

참지 못하고 반응해버리고 마는 신.

하지만 나구모에게 미안한 기색이라고는 조금도 없었다.

"이런 긴장감이 있는 게 좋을 것 같아서~."

"됐으니까 입 다물고 낚시에나 집중해!"

"엥~ 싫은데~. 귀찮아~."

——사카모토 씨한테서 알아서 먹을 걸 조달하라는 얘기를 들은 게 아니었나.

어이가 없어서 한숨도 안 나온다.

"미리 말해두는데, 내가 잡은 건 안 줘."

"뭐라고 했어?"

——아니, 언제 잡았대?!

놀라움을 숨기지 못한 신은 눈을 끔뻑였다.

그 시선 끝에는 족히 20센티미터는 될 것 같은 물고기를 낚싯 바늘에서 빼고 있는 나구모가 있었다.

"내가 먼저 잡았네."

"……거 좋으시겠네요!"

"아하하. 왠지 미안한걸~."

정말 가증스러운 놈이다.

――하, 진짜 종잡을 수 없는 녀석이야.

신은 온 힘을 다해 평정심을 유지하며 나구모를 관찰했다.

나구모는 언뜻 보기에 완전히 긴장을 풀고 쉬고 있는 것 같았고, 살생과는 인연이 없을 것 같은 분위기를 풍기고 있었다.

'불시에 공격하면 이길 수 있지 않을까?' 라고 생각될 정도의 분위기다.

물론 신은 나구모를 어떻게 해보려는 생각은 없었지만.

아무튼 나구모는 무척이나 자연스럽게 존재했다.

나구모에 대해 아는 건 거의 없었지만, 그런 표현이 제일 맞는 것 같은 느낌이 들었다.

――대체 어떤 놈일까……? 실제로는.

새삼스럽게 신경 쓰였다.

동시에 이건 또 다른 기회일지도 모른다는 생각이 들었다.

――이 기회에 나구모를 속속들이 파악해보는 것도 나쁘지 않을지도.

그런 생각이 들었다.

"얼굴에 구멍 날 것 같은데~?"

――젠장. 너무 빤히 쳐다봤나.

"아니면 싸움 거는 거야?"

"겠냐."

지금으로서는 도저히 나구모를 이길 수 없다는 걸 신은 잘 알고 있었다.

갑자기 나구모가 입을 꾹 다물었다.

그러자 갑자기 물이 흐르는 소리나 새의 날갯짓 소리, 잎사귀가 술렁이는 소리가 부쩍 크게 들려와 묘한 긴장감이 흐르기 시작한다.

——갑자기 왜 이래?

불편해진 신은 조심스럽게 나구모를 훔쳐보았다.

나구모는 회상에 잠긴 듯한 눈으로 말했다.

"왠지 옛날 생각난다."

조금 전까지 보여줬던 사람을 놀리는 듯한 표정은 사라져 없었고, 유달리 평온해 보이는 얼굴로 말을 이었다.

"JCC 시절에 사카모토랑 둘이 산에 틀어박혀 있었던 적이 있어."

아마도 훈련의 일종이었을 것이다.

나구모는 계속해서 말을 이었다.

"조금의 여지도 주지 않는 서바이벌이었지~. 한 발자국만 잘못 디뎌도 사망자가 나오는 그런 서바이벌."

"……그 학교답네."

JCC를 거치지 않고 킬러가 된 신은 정확한 실태를 모른다. 하지만 킬러 육성기관의 수업이니만큼 극도로 가혹하리라는 것쯤은 예상할 수 있었다.

그러나 그러는 신도 사카모토와 2인 1조로 활동하던 시절에 혹독한 야영 경험을 한 적이 있다.

나구모가 저렇게 얘기할 정도라면 상당히 힘든 서바이벌이었을 거라고 신은 상상했다.

"그때도 이렇게 사카모토랑 둘이 낚시를 했어."

"그랬냐."

"사카모토는 낚시 실력도 좋거든~."

——그때부터……. 역시 사카모토 씨야.

"근데 어느 날은 우리가 낚는 물고기를 노리고 곰이 습격해온 거야."

그러고 보니 예전에 동물과는 훈련 중에 질리게 싸워본 적 있다는 얘기를 사카모토 씨한테 들은 적이 있었다.

"사카모토 씨라면 곰 정도는 한 줌 거리도 안 됐겠지."

"근데 그때는 그 정도까진 아니었거든."

"……그래?"

　그때까지 적당히 흘려들었던 신인데, 지금은 나구모 쪽으로 몸까지 튼 상태였다. 나구모는 추억에 잠긴 듯한 얼굴로 웃음을 머금고 있었다.

　"그때는 나나 사카모토나 젊었으니까~. 그거 알아? 사카모토의 허리부터 엉덩이까지, 곰한테 당한 발톱 자국이 있는 거. 나 대신 입은 상처야."

　"발톱 자국……?"

　──그런 게 있었나? 본 적 없는데…….

　신은 무의식적으로 사카모토의 오동통한 몸매, 뒤태를 떠올렸다.

　"사실은 나한테도 똑같은 상처가 있어. 그때 결국 둘 다 곰한테 당했거든."

　"……진짜야?"

　"지금도 가끔 상처가 아파 와. 근데 그럴 때마다 생각해. 아, 이 상처가 나랑 사카모토를 강하게 만들어줬구나, 하고."

　사카모토 씨와 둘이 한 팀이었는데도 전혀 몰랐다는 게 분해지는 신.

　그때.

　"무슨 얘기냐?"

타이밍 좋게 사카모토가 다가왔다. 걱정돼서 보러온 모양이었다.

"지금 너와의 추억을 얘기하고 있었어! 왜, 곰한테 습격받았을 때 말이야!"

"전혀 몰랐어요. 사카모토 씨한테 그렇게 오래된 상처가 있으신 줄은."

저도 모르게 토라진 듯한 말투가 돼버렸다.

사카모토는 무슨 소리인지 생각에 잠겼고, 이윽고 마음의 소리가 들렸다.

[없어.]

"네?"

[나구모와 함께 곰과 싸운 적도 없고, 상처 입은 적도 없어.]

생각지 못한 대답에 신의 입이 벌어졌다.

그러자.

"뭐라고오오오오오?! 다 구라였냐?!!"

"아하하하. 완전히 속았네~."

"웃기지 마! 살짝 숙연해졌었다고!"

"그치만 따분했단 말야."

"그렇다고 날 갖고 놀지 마!"

불처럼 화내는 신을 보고도 나구모는 평소처럼 웃기만 했다.

그게 또 신의 분노에 기름을 부었다.

"네가 시끄럽게 구니까 낚시가 되지를 않잖아! 방해할 거면 꺼져."

"엥~ 그게 내 탓이야~? 실력이 안 되니까 못 잡는 게 아니고?"

그 말에 반박할 수 없는 것도 사실이다.

신은 이를 아드득 갈았다.

"으응? 신 오빠랑 아빠, 무슨 일이야?"

분위기가 험악해지려는데 하나를 포함한 일행이 다가왔다.

눈을 또록또록 굴리며 어리둥절해하는 하나 옆에서 아오이가 정색하며 말했다.

"뭐야. 설마 싸우던 건 아니지?"

"딱 봐도 나구모가 또 뭐라 그랬겠지."

"싸우면 안 돼! 사이좋게 지내야지."

중간에 끼어든 루와 진지하게 대꾸하는 하나, 그리고 이때다 싶어 다시 끼어드는 나구모.

"신은 날 싫어하나 봐."

"야, 피해자인 척하지 마!"

“잘못했으면 ‘미안해’라고 사과해야 한댔어, 선생님이!”

하나가 자기에게 한 말임을 깨닫자, 신은 살짝 충격을 받았다.

그 순간 나구모가 쐐기를 박았다.

“봐, 이렇게 얘기하잖아.”

“내가 왜 사과해야 하는데?!”

“잠깐. 역시 싸운 거야?”

“아뇨, 싸운 건 아니고. 그게……”

날카로운 눈길을 보내는 아오이 앞에서 신은 점점 움츠러들었다.

아오이가 화를 내면 무섭다는 걸 신도 익히 알고 있었다.

“어중간하게 뭐 하자는 거야! 할 거면 정정당당하게 결판을 내!”

싸우지 말라고 혼날 줄 알았는데?

생각지 못한 아오이의 발언에 신은 저도 모르게 얼빠진 채 ‘네?’라고 대꾸했다.

그러자 사카모토가 바로 동의를 표했다.

“승부 내면 되겠네. 낚시로.”

──네?

왜 그렇게 되나 싶어 그 자리에서 굳어버리는 신.

"승부?! 승부는 나쁜 거 아니랬어! 하나도 학교에서 승부해!"

——피구나 축구, 그런 거 말이지?

"좋은 기회야! 신, 저 녀석을 발라버려!"

——루 이 녀석은…… 자기 일이 아니라 이거지?

"남자끼리의 진검승부!"

——왜 즐거워 보이는 것 같죠, 아오이 씨?

다 같이 태평한 소리를 해대자 신은 당혹스러움을 감추지 못했다.

그런데.

"나야 해도 좋고 안 해도 좋아~."

——뭐? 여유 있다, 이거지?

나구모의 생글거리는 얼굴이 결정타가 되어, 신은 결심했다.

"그래. 해보자고!"

그렇게 얼떨결에 나구모와 낚시 대결을 하게 되었다.

어떻게 해서든 대어를 낚아 나구모의 얼굴을 납작하게 만들어주겠다고 결심하는 신이었다.

두 사람의 낚시 대결은 바로 시작됐다.

규칙은 단순했다. 제한 시간 안에 누가 더 물고기를 많이 잡느

냐.

"잡는 방식은 상관없다는 거지?"

나구모의 질문에 사카모토는 고개를 끄덕였다.

낚시 포인트 역시 자유롭게 정할 수 있었는데, 바로 그 부분이 이번 대결의 승패를 가르는 포인트가 되리라 신은 생각했다.

그 생각이 얼마나 무른 생각이었는지는, 대결 시작을 알리는 신호가 울리자마자 알게 되었다.

"그럼 나중에 봐~."

"어? 엉?!"

——사, 사라졌어……?!

무슨 생각을 하는지, 나구모는 연기처럼 사라졌다.

숲 어딘가에 숨을 생각인 것 같지만, 도저히 이해할 수 없는 행동이었다.

——낚시 포인트를 들키지 않으려고?

일 리 있어 보였다.

그런데 장소를 들킨다고 뭐가 달라질 것 같진 같은데.

뭐라 할 수 없는 불길한 예감이 들었을 때, 사카모토에게서 마음의 소리가 들려왔다.

[신…… 낚고 나서도 긴장을 늦추지 마라.]

"네? 아, 네."

반사적으로 대답하고 난 뒤에야 신은 사카모토가 한 말의 의미를 깨달았다.

――어떻게 잡든 상관없다는 게…… 방해해도 되고 가로채도 된다는 뜻이었어?!

적어도 나구모는 그렇게 생각하고 있을 것이다.

이걸 '낚시 대결'이라고 할 수 있는 걸까?

그런 의문이 뇌리를 스쳤으나, 이제 와서 규칙을 바꿀 수는 없었다.

처음에 확인해두지 않았던 자신의 실수였다.

――이제 와서 뭐라 하기엔 모양이 빠지지.

그렇다면 그에 맞게 응수하면 된다. 신은 다시 단단히 기합을 넣었다.

신이 선택한 낚시 포인트는, 커다란 돌들이 굴러다니는 곳이었다.

언뜻 보기에는 강줄기가 완만한 곳이 좋을 것 같지만, 실제로 물고기가 많이 숨어있는 곳은 이런 곳이다.

생각했던 대로 잘 잡혔다.

전에 사카모토가 잡았던 물고기만큼은 아니지만, 제법 대어라
할 수 있는 물고기도 있었다.

포인트 지점에서 낚시를 시작한 지 약 한 시간이 지난 시점이
었다.

——슬슬 경계할 필요가…… 있겠지?

승패는 텐트에서 기다리는 일행에게로 낚시 결과물을 가져가
고 나서 결정된다.

잡은 물고기는 반드시 사수해야 했다.

제한 시간도 다가오고 있었다.

이제 슬슬 접고 나구모에게 들키지 않게 돌아가야 하느냐, 아
니면 조금 더 낚아야 하느냐.

——그 자식이 습격해올 거란 건 내 착각일 뿐이고, 정정당
당히 낚시를 하고 있을 가능성도 있는데…….

그런 생각이 들자마자, 신은 곧장 고개를 절레절레 저었다.

나구모라면 스스로 낚시도 하고 내 물고기도 빼앗아 완승을
노리려…… 할 수도 있다.

——역시 그만 가는 게 좋겠어.

짐을 정리하고 아이스박스를 어깨에 멨을 때, 자신을 부르는
목소리가 들렸다.

"야아~아, 신~."

한쪽 팔을 크게 휘두르며 루가 이쪽으로 오고 있었다.

유난히 생글거리는데…… 도대체 왜 온 걸까.

"넌…… 뭐 하러 왔냐?"

"뭐 하러긴. 점장님이 시켜서 도우러 왔지."

적당히 때가 됐을 것 같으니까 가서 짐을 들어주라고 했다고 한다.

"얼마나 잡았어?"

"뭐, 나쁘진 않아."

"흐음~ 그렇구나. 그럼 무겁겠다! 아이스박스 들어줄게."

"아니, 됐어. 그건 내가 들게."

"신 피곤하잖아? 그러니까 ——"

그러면서 내미는 루의 손을 신은 있는 힘껏 내리쳤다.

"아야! 뭐 하는 거야?! 사람이 도와주겠다는데!"

"그건 내가 할 소리야. 이렇게 쉽게 뺏길 것 같냐?"

"허어어? 그건 또 무슨 소리야?"

의심을 받고 어이없어하는 루에게 신은 소리를 질렀다.

"다 안다고! 네가 루가 아니라는 거!"

"뭐라는 거야?"

루는 미간을 찌푸리며 말했으나,

"뻔히 보이는 연기 그만해."

"너무해. 동료를 못 믿는 거야?"

그렇게 항의한 그다음 순간, 루의 모습은 사라지고 나구모가 눈앞에 있었다.

"막 이러고~. 어떻게 알았어~? 속을 줄 알았는데."

"사람을 뭐로 아는 거야."

"아하하. 미안, 미안. 좀 얕보긴 했나 봐. 근데 진짜 어떻게 알았어?"

"하, 루는 평소에 생각이 줄줄 새거든!"

더 지적하자면, 무거운 짐을 들어주려는 행동도 루답지 않았다.

"그렇구나. 그런 맹점이 있었을 줄이야."

나구모는 평소처럼 헤실헤실 웃고 있었으나, 신은 긴장을 늦출 수가 없었다.

"그럼 이제 그걸 받아가 볼까~♪"

"그렇게 둘 것 같나?"

"그래? 그러다가…… 죽을 수도 있는데?"

그 말에 단숨에 주변 공기가 얼어붙는다.

헛구역질이 날 것 같은 압박감이지만, 신은 그게 '일부러 내뿜은 살기에 가까운 것'임을 잘 알고 있었다.

"넌 날 못 죽여."

"우와. 킬러 만화의 엑스트라 대사잖아!"

"그런 거 아니거든."

"응? 뭐가 다른데?"

나구모는 전혀 모르겠다는 얼굴로 고개를 갸웃거렸다.

잘 알면서. 어디까지 뻔뻔스러운 건지.

"처음에 사카모토 씨랑 약속했잖아! 여기서 살인은 절대 안 된다고."

그 말을 함과 동시에, 신은 뛰기 시작했다.

"아하하하. 그건 그래~."

나구모 옆을 지나쳐 빠져나가는 대담한 짓은 할 수 없고, 등 뒤의 강으로 갈 수도 없어서 강의 흐름을 따라 횡으로 달리는 신.

──따라잡혀도 어쩔 수 없어. 하지만 적어도 거리는 좀 더 벌려둬야 해……!

아직 잡힐 수는 없다. 신에게는 작전이 있었다.

하지만 곧장 이상함을 깨달은 신은 발을 멈추고 뒤를 돌아봤

다.

　——왜 안 쫓아오는 거지?

그렇게 생각한 순간, 등 뒤가 오싹했다.

아까까지 낚시를 했던 지점을 바라보자……

　——다, 당했다!

특유의 생글거리는 얼굴로 물고기가 가득 담긴 바구니를 들고 있는 나구모가 눈에 들어왔다.

"어, 어떻게 그걸……!"

"어떻게는……. 아이스박스가 미끼라는 건 처음부터 알고 있었는데~?"

그랬다. 사실 신이 들고 있는 아이스박스는 돌을 채워놓은 미끼였다.

어차피 나구모가 뺏으러 올 거라 확신했던 신은, 차라리 아이스박스를 넘겨주고 나구모가 떠난 뒤 숨겨뒀던 진짜를 —— 물고기가 든 바구니를 회수할 생각이었다.

　——이토록 쉽게 간파당할 줄이야……!

분하다고밖에 표현할 길이 없다.

그렇다고 여기서 포기는 있을 수 없었다.

"내놔!"

"아하하하. 싫~은데~?"

두 사람의 추격전이 시작됐다.

하지만 역시 나구모. 신이 아무리 뛰어도 놀라울 만큼 간격이 좁혀지지 않았다.

이대로 가다가는 나구모를 허무하게 놓치고 패배가 확정될 것이다.

——젠장. 이렇게 한심한 패배가 어디 있냐고!

어떻게든 반격할 방법이 없을까, 달리면서 생각했다.

——그래……! 딱 하나 따라잡을 방법이 있을지도 모른다.

신은 나구모가 달리는 방향에서 90도 직각으로 진로를 변경했다.

생각난 건, 매우 단순한 지름길.

나구모의 목적지는 숲을 빠져나가야 있는 캠핑장이므로, 그 출구에 먼저 도착하기만 하면 기회가 남아있다 ——고 생각했다.

신은 고저 차이가 심한 계곡을 관통해서 달려 시간을 줄이기로 마음먹었다.

직선거리는 짧아지지만, 길은 매우 험해진다.

신은 전속력으로 달려, 한 가닥 희망에 매달려보기로 했다.

심장이 찢어질 듯한 상태에서 달리고 달리기를 5분.

먼저 도착하지는 못했지만, 신은 숲에서 출구를 향해 달려가는 그림자를 볼 수 있었다. 방심한 건지 페이스가 떨어져 있어 보였다.

――할 수 있어!

숲을 빠져나가기 직전에 그림자 앞으로 뛰어나간 신!

그 순간 ――

"으아아아아악!"

――엥?!

굵직한 비명소리가 숲속으로 울려 퍼졌다.

그곳에 있는 건 나구모가 아닌, 완전히 처음 보는 아저씨였다.

――나구모가, 아니야……?

"뭐, 뭐, 뭐야, 넌."

갑자기 나타난 신을 본 아저씨는 기겁할 정도로 놀란 상태였다.

"죄송합니다. 사람을 잘못 봤어요."

――잠깐.

이것 역시 나구모가 변장한 게 아닌가 의심하는 신.

확인하기 위해 신은 아저씨의 마음을 읽어보기로 했다.

[뭘 빤히 쳐다봐? 빨리 가라고. 난 급하단 말이야.]

——나구모는 아닌 것 같지? 아마도.

속마음까지 꾸며낸 건 아닐까…… 하는 생각이 들었으나, 아무리 봐도 이 아저씨는 나구모 같지 않았다.

분위기가 너무 초라했고 기운이 없어 보였다.

"죄송합니다."

나구모가 아니라고 결론지은 신은 아저씨에게서 떨어져 다시 숲속으로 발길을 돌렸다.

——아직 여기까지 안 왔을 수도 있어.

중간에 자신이 낚은 수확물을 회수하고 온다면 그럴 수 있다.

——아무튼 여기서 조금 더 지켜볼 수밖에 없겠네.

신은 아저씨에게서 더 멀어지도록 한 걸음 더 내디뎠다.

딱—— 그 순간이었다.

"힉…… 으아아악!"

——이번에는 또 뭐야?!

무슨 일인지 뒤돌아본 신의 눈이 완전히 동그래졌다.

언제 왔는지, 나구모가 그곳에 서 있었다.

"안녕~. 늦었네."

"나구모, 너……."

──벌써 와 있었냐.

──그 아저씨한테 무슨 짓을 한 거야.

두 가지 의문이 머릿속에 떠올라 할 말을 잃은 신.

나구모는 바닥에 널브러져 있던 아저씨를 훌쩍 들어 올려, 멍하니 있는 신의 옆을 지나 캠핑장……이 아니라 숲속으로 걸어가기 시작했다.

"야, 너 그 아저씨는……."

"응? 아, 이거? 내 타깃이야."

"뭐? 임무 끝내고 돌아가는 길 아니었어?"

"엥? 내가 그랬나?"

"그랬잖아! 아까 ──"

기억을 되새김질하던 신이 입을 다물었다.

그때, 사카모토와 나구모가 나눈 대화는 이랬다.

〃문제 일으킬 거면 가라.〃

〃미안 미안. 사실은 임무 때문이야~.〃

나구모는 확실히 임무 때문이지, 임무를 마치고 '돌아가는 길'이라고는 하지 않았다.

"그러니까 난 이제 갈게~. 사카모토한테 인사 전해줘~."

"잠깐! 승부는 아직 ——"

신의 옆을 지나갔다고 생각하기가 무섭게 나구모의 모습은 사라졌다.

숲의 입구에는 신과 나구모 —— 두 사람이 낚은 바구니가 가지런히 놓여 있었다.

결국 승부가 흐지부지해진 상태에서 캠핑장으로 돌아온 신.

그때 나구모의 타깃이 나타나지 않았을 경우를 가정해봤을 때, 분함이 사라지지 않았다.

"언제까지 그러고 있을 거야? 신, 네 부전승이잖아."

"……그건 그렇지만."

루의 말에 대답은 했지만, 신은 개운하지 않았다.

승패가 확실하게 가려지지 않은 것 말고도 걸리는 게 있었다.

"그 자식, 왜 낚시 대결을 받아들인 거지?"

"무슨 뜻이야?"

"아니, 잘 생각해보면 임무를 마치기 전인데 낚시 대결을 할 이유가……"

[아마도 시간 때우기.]

끼어들어 온 사카모토의 생각에, 신이 '네?!' 하며 의문을 표

했다.

[숲으로 도주한 타깃이 언제 어디서 나올지 알고 기다렸을 걸.]

즉, 그 대기 시간을 때우는 데에 우리를 이용한 것이다.

그렇다면 ——

"서, 설마…… 낚시 대결을 받아들인 것도 다……?"

[그냥 심심풀이.]

"결국 그거였어?!"

납득과 동시에 열불이 올랐으나, 어이가 없어서 힘이 빠지는 신이었다.

"난 진지하게 승부에 임했는데…….'

"기, 기운 내."

"신 오빠, 기운 없어—? 어디 아파? 배?"

"어머, 괜찮은 거야? 바비큐는 이제부터 시작인데."

"아니에요……. 하하. 괜찮습니다."

그렇게 말하는 신의 눈은 먼 곳을 향해 있었다.

"신경 쓰지 마! 결국 신이 이긴 거야."

"하나도 그렇게 생각해—!"

"그래. 물고기를 잡아서 가져온 건 신이니까."

모두 그렇게 말해줬지만……

―― 전혀 이긴 것 같지 않아.

그리고 결국 나구모가 어떤 놈인지도 전혀 모르겠다.

처음부터 끝까지 완전히 자기를 갖고 논 것 같은 기분이 든 신의 어깨가 축 처졌다.

[깊게 생각하지 마. 생각해봐야 시간 아깝다.]

"사카모토 씨가 그렇게 말씀하신다면 진짜 그런 거겠죠."

메마른 웃음이 멈추지 않았다.

그렇게 피로감을 느낀 신이지만, 완전히 나쁘기만 한 건 아니었다.

"자, 그럼 바비큐를 시작해볼까?"

"와아―! 하나는 물고기 잔뜩 먹을 거야―!"

하나가 활짝 웃으며 말하자, 밝은 목소리가 캠핑장을 가득 채웠다.

그런 하나를 보며 사카모토도 미소를 짓고 있었다.

[하나가 좋아하는군. 그게 최고지. 잘했다…… 신.]

―― 사카모토 씨! 저…… 저는…… 사카모토 씨께 그 얘기를 들은 것만으로도……!

"기쁘지만! 이럴 땐 속으로 말고 소리 내서 말씀해주세요!"

사카모토의 속마음을 듣고 울먹이며 항변했지만, 기쁜 건 부정할 수 없었다.

"팍팍 구워갈게요! 굽는 건 제게 맡겨주세요!"

성취감에 감정이 고양된 신은, 이번에는 바비큐에 헌신하고자 했다.

모두 만찬을 기대하며 설레는 얼굴이었다.

그러던 중, 하나가 문득 말을 던졌다.

"헤이스케 오빠랑 피스케도 빨리 왔으면 좋겠다—!"

그 한 마디에 어른 넷의 움직임이 멎었다.

"그러고 보니…… 그 녀석 괜찮은 걸까요?"

"새까맣게 잊고 있었어."

"괘, 괜찮겠지……?"

재촉하는 듯한 아오이의 시선에, 사카모토가 벌떡 일어섰다.

[신, 따라와라.]

"네! 물론이죠!"

바비큐는 잠시 미루자.

헤이스케를 찾으러 어두컴컴해진 숲을 향해 달리는 사카모토의 뒤를 따르며, 이런 소동도 좋은 추억이 될 것 같다……고 생각하는 신이었다.

시시바의
라멘 맛집기행

SAKAMOTO DAYS

돈돈정(亭)의 '※1시로돈코츠'.

오오시마산치의 '※2시오레몬'.

YURURI 기치죠지의 '※3히야시토마토'.

단품 메뉴로 승부하는 '왕도! ※4교카이쇼유'.

시시바의 핸드폰 메모장에 저장된 네 가지 정보.

그것은 라멘에 대한 것이었다.

지금 시시바는 눈앞에 번쩍이게 펼쳐진 간판과 핸드폰을 번갈아 보며, 드디어 이 순간이 왔다며 내심 들떠 있었다.

평소처럼 검은 정장을 입고 있는 시시바는 긴 머리를 등 뒤로 넘기고 넥타이를 살짝 풀었다.

그리고 곁에 서 있는 오사라기에게 말을 걸었다.

"그럼 드가보까."

이곳은 도쿄에서 멀지 않는 어느 항구마을.

오래된 벽돌 창고가 남겨진 광장 앞에서 라멘 페스타가 열리고 있었다.

시시바는 수많은 방문객으로 붐비는 광장 안으로 걸음을 옮겼다.

"에, 왜?"

"와? 당연히 라멘 먹으러 가는 거제."

※1 시로돈코츠(白豚骨) : 돼지 뼈로 육수를 낸 국물을 베이스로 하는 라멘 중 간장이나 된장 등으로 간을 더하지 않아 국물이 뽀얀 라멘
※2 시오레몬(塩レモン) : 닭 뼈로 우린 육수에 소금으로 간을 한 라멘인 시오라멘에 레몬을 곁들인 것
※3 히야시토마토(冷やしトマト) : 차갑게 식힌 냉토마토를 올린 라멘
※4 교카이쇼유(魚介醬油) : 해산물을 베이스로 만든 육수에 간장으로 간을 한 라멘

“그러니까, 왜?”

곁에 서 있던 오사라기가 걸음을 멈추고 빤히 쳐다봤다.

바닥을 알 수 없는 새까만 눈동자는 마치 텅 빈 동굴 같았다.

시시바와 마찬가지로 오사라기 역시 평소에 입는 검은 옷을 입고 있었다. 레이스를 곁들인 검은 원피스와 텅 빈 눈동자가 어우러져, 뭐라 형용할 수 없는 분위기를 풍기고 있었다.

시시바는 오사라기의 반응에 ‘야가 이럴 줄 알았다’고 생각하며 잠시 침묵했다.

겉으로는 ‘아니, 이상하긴 뭐가 이상한데?’라는 표정을 유지한 채.

“임무, 안 가?”

“당연히 가야제.”

“……시시바 씨가 길을 잃었어.”

“불쌍하다는 눈으로 볼 거 읎다. 길을 잃은 기 아이니께.”

“하지만 여기는, 타깃 잠복지가 아닌걸…….”

그 정도는 시시바도 잘 알고 있다.

오늘 두 사람의 임무는 전직 살연 연맹원을 처리하는 것.

킬러 라이센스를 잃었다는 이유로 프로 킬러들에게 원한을 품고, 아무 죄도 없는 연맹원을 벌써 다섯이나 죽인 악당을 처

리하는 일이다.

시시바와 오사라기에게는 평소와 별반 다르지도 않고, 재미있지도 않은 임무다.

왜냐하면 두 사람은 '살연의 파수견'이라고 불리는 킬러 업계 최고전력, ORDER의 멤버이기에.

그렇다고 임무를 땡땡이치려는 마음은 전혀 없다.

그저 시시바는 먹고 싶었을 뿐이다. 라멘이.

"아니…… 이런 말도 있잖어. 금강산도 식후경이다."

"그럼, 돈가스 덮밥……."

"행운을 비는 음식은 됐다카이. 가끔은 내 먹고 싶은 것도 먹자."

"맨날 시시바 씨가 돈가스 덮밥 먹고 싶다고 했어."

"그건 니고. 돈가스 덮밥을 싫어하는 건 아니지만."

오늘은 꼭 라멘이 먹고 싶은 시시바였다.

"봐봐라, 오사라기. 라멘 페스타라는 간판에 '전국 현지 궁극의 맛집, 여기 모이다'라고 쓰여 있는 거 보이제?"

시시바는 커다란 간판을 가리켰다.

"그러니께 평소에 먹을 수 없는 전국 각지의 라멘 맛집이 여모여있는 기다."

"……서로 부수려고?"

"그런 대회가 아이고. 라멘을 맛나게 먹는 데다."

"시시바 씨, 라멘 먹고 싶어?"

"오사라기 씨는 사람 말 좀 듣자. 아까부터 내 안 그랬나."

늘 그랬지만, 오사라기와의 대화는 아귀가 맞물리지 않았다.

가만히 순순히 따라올 성격이 아니란 건 알고 있었기에 시시바는 포기하지 않았다.

"그래 행운을 비는 음식이 먹고 싶으면 나중에 맨날 먹는 ※초콜릿이나 비엔나라도 먹으면 되는 거 아이가. 그리고 면도 일종의 행운을 비는 음식 아이가?"

"그건 장수라든가, 뭐 그런 뜻이잖아."

"그런 것도 몰라서 어떡하냐는 그 얼굴은 뭔데? 내도 안다. 근데 오래 산다는 건 이번 임무 중에는 안 죽는다는 얘기 아이가!"

킬러의 임무에서 승패는 생사와 직결된다.

임무에서 살아남는다는 것은 곧 이긴다는 것과 마찬가지.

한참 생각하던 오사라기도 납득한 모양이었다.

"시시바 씨, 빨리 가자. 나 배고파."

"변심이 너무 빠른 거 아이가. 뭐, 내야 좋지만서도."

※특정 브랜드 초콜릿의 상품명(킷 이)은 '반드시 이긴다'와 발음이 유사하고, 비엔나의 일본 발음인 '윈나' 또한 '위너'와 발음이 유사하여, 엿이나 떡처럼 승리 혹은 합격을 기원하는 음식으로 친다

시시바는 행사장 안으로 성큼성큼 들어가는 오사라기 뒤를 따라 걷기 시작했다.

아무렇지 않은 척하고 있지만, 첫 번째 관문이자 최대의 관문이었던 오사라기를 무사히 설득하는 데 성공한 것을 진심으로 기뻐하고 있었다.

시시바가 왜 이렇게 라멘을 기대하고 있느냐.

그것은 한 맛집 블로거와 관련되어 있었다.

블로그 【신의 선물】을 운영하는 토요우케 씨.

나이도 모르고 성별도 모르고 어디 사는지도 모르는, 모든 게 베일에 싸인 이 사람의 블로그를 시시바는 즐겨 읽었다.

시작은 1년 전에 발견한 SNS 글이었다.

우연히 보게 된 SNS에 '양파는 별로'라고 적혀 있었다.

마음이 맞을 것 같아서 링크된 블로그에 들어가 보니 아니나 다를까.

토요우케라는 이 인물의 입맛이 자신과 똑같다는 증거(글)가 줄줄이 나왔다.

"뭐고, 이 사람. 내 도플갱어가?"

무심코 그런 말이 튀어나올 정도였다.

그 후 시시바는 토요우케 씨가 올리는 맛집 정보를 하나하나 체크한 다음, 시간이 되면 소개된 맛집을 찾았다.

하지만 ORDER의 임무를 수행하고, 오사라기를 돌보기까지 해야 하는 시시바는 바빴다.

그러던 중, 믿고 보는 토요우케 씨의 블로그에 소개된 곳이 이번 라멘 페스타였던 것이다.

토요우케 씨는 특히 '자기 취향이었다'며 네 개의 라멘을 언급했고, 그 라멘을 맛있게 먹는 방법까지 상세히 올려놓았다.

"페스타 장소가…… 내일 임무 때문에 가는 곳 근처 아이가."

시시바가 라멘 페스타에 가기로 마음먹은 순간이었다.

"아— 역시 사람이 많구로."

"이게 다 라멘 먹으려는 사람?"

페스타 장소는 입장객으로 북새통을 이루고 있었다.

줄줄이 늘어선 라멘 가게 부스들은 어느 가게 할 것 없이 장 사진을 이루고 있다.

"……줄 안 서면 못 먹어?"

이 날은 28도가 넘는 날이었다.

시간은 딱 점심시간. 태양이 가차 없이 열을 내뿜고 있었다.

그리고 줄 선 사람들은 하나같이 땀을 흘리고 있었다…….

지옥 같은 광경을 앞에 두고, 오사라기의 텅 빈 눈동자가 더더욱 어두워지는 게 보였다.

"역시 여기 말고……"

"아니, 라멘은 줄 서서 기다리는 것까지 즐기는 기다."

"……?"

무표정을 유지한 채 고개를 갸웃하는 오사라기.

시시바의 말뜻을 전혀 이해할 수 없다는 동작이었다.

"니 모르나? 모르겠으면…… 저 사람들 좀 봐봐라."

시시바는 테이블 스페이스를 가리켰다.

북적이는 입장객들이 한정된 공간에서 한마음 한뜻으로 라멘을 흡입하고 있었다.

하나 같이 땀을 흘리고 있어서, 멀리서 보면 그 일대에서 김이 나는 것만 같았다.

"사우나 같아."

"그래 싫은 티 내지 말고. 먹고 있는 사람은 행복해 보이제?"

"그치만 시시바 씨, 배고파서 더는 못 참겠다며……."

그렇게 말한 오사라기의 배에서 우렁찬 소리가 들렸다.

"……못 참겠는 건 니겠제."

"시시바 씨 배에서 소리 났어."

"아니, 니 배다."

한바탕 공방이 오갔을 때 좋은 풍미가 코를 찔렀다.

마침 라멘을 받아온 사람이 그들 곁을 스쳐 지나갔기 때문이다.

라멘이란 참으로 신기하다.

남이 먹는 걸 보면, 후루룹 먹는 소리를 들으면, 좋은 냄새를 맡으면, 보는 사람까지 먹고 싶어진다.

그 순간, 오사라기도 라멘 매직에 걸린 듯했다.

"시시바 씨, 빨리. 줄이 더 길어져."

"바로 말 바꾸는 거 보소."

오사라기는 들뜬 걸음으로 가장 가까운 라멘 부스로 향했다.

"잠깐. 이짝부터 갈 기다."

"여기가 제일 맛있다고 했어. 시시바 씨가."

"내 언제? 이제 진짜로 맛있는 라멘을 먹으러 가자고."

그렇게 말한 시시바는 안쪽에 위치해 있는 부스를 향해 걸어갔다.

그렇게 도착한 돈돈정.

돼지가 냄비에 들어가 브이를 하고 있는, 다소 초현실적인 간판이 걸려있는 돈코츠 라멘 전문점이다.

"돼지 씨……."

오사라기가 조용히 중얼거렸다. 왠지 모르게 애틋함이 서려 있는 목소리였다.

"아니, 니 설마 돼지가 불쌍타고 생각하는 타입이가?"

의외라 생각하며 시시바가 물어보자, 오사라기는 간판에 크게 그려진 돼지를 향해 열렬한 시선을 보내며 이렇게 말했다.

"맛있겠다……."

"그 뜻이가. 마, 줄부터 서자."

시시바와 오사라기는 열 명 정도 서 있는 줄 끝에 섰다.

다른 부스보다 비교적 줄 선 사람이 적은 이유는 아마도 돈코츠이기 때문이겠지.

"시시바 씨, 이 가게 인기가 없나 봐. 돈코츠라서 그래?"

"일단 이 세상 돈코츠 애호가한테 사과부터 하자. 인기 없는 건 아니거든."

토요우케 씨가 조사한 바에 의하면 돈코츠 라멘은 통상적으로 인기 라멘 3위를 차지한다.

단, 아무래도 국물이 걸쭉하기 때문에 오늘같이 무더운 날 야

외에서는 꺼리게 되는 건지도 모른다.

그게 또 맛인데……라고 시시바는 생각했다.

"우리 차례가 빨리 오믄 좋은 거 아이가. 좋은 게 좋은 기라."

"근데 좀 특이한 냄새가 나. 별로야."

"먹으면 맛있을걸."

"돈코츠(豚骨)면 돼지 씨 뼈야? 돼지 씨가 불쌍해."

"아까 맛있겠다고 한 건 누구가?"

"더우니까 산뜻한 걸 먹자."

"오사라기 니는 입 좀 다물자."

줄 선 사람들이 안티 돈코츠는 용서하지 않겠다는 얼굴로 우리를 돌아보고 있었다.

그렇게 대략 20분가량 줄을 섰다.

차례는 생각보다 빨리 돌아왔다.

"음식 나왔습니다! 베이컨 토핑, 구운 마늘을 많이 추가한 시로돈코츠 2개에 *베니쇼가를 별도 접시에 주문하신 분~!"

"앗. 적어……."

오사라기가 몹시 구슬픈 목소리로 말했다.

"다른 라멘도 먹어보라고 적게 주는 기다. 그리고 네 라멘은 네가 들자."

※베니쇼가(紅生姜) : 우메즈(매실초)에 담근 붉은 빛깔의 생강초절임

작은 일회용 그릇을 들고 테이블 구역으로 이동했다.

마침 다 먹고 일어난 사람이 있어 자리가 생겼고, 두 사람은 바로 라멘을 먹을 수 있었다.

"시시바 씨, 이거 뭐야?"

"보면 모르나. 베니쇼가 아이가."

"이것도 먹어?"

"그럼 와 있겠나. 이 라멘의 *아지헨에는 이게 젤로 중요한 거거든."

"그럼 내 거도 줄게."

"아니, 됐다."

그렇게 거절하려던 시시바가 순간 굳었다.

오사라기가 가득 쌓인 베니쇼가를 와르르 전부 시시바의 라멘 그릇에 부은 것이다.

"……오사라기. 일단 물어보게. 와 이런 긴데?"

시시바의 질문에, 오사라기는 그걸 왜 묻냐는 얼굴로 대답했다.

"시시바 씨가 달라고 했잖아."

"그런 말 한 적 읎다. 내 베니쇼가는 여 있고."

"했어."

※아지헨(味變) : 식사 중에 조미료, 향신료 등을 넣어 맛을 바꿔 먹는 일본의 미식 문화

“안 했다.”

“아지헨에 이게 중요하다며.”

“그 말은 했다. 내 분명 그 말은 했다.”

시시바는 베니쇼가 때문에 붉게 물든 돈코츠 국물을 보며 입을 열었다.

“아니…… 이 라멘 가게의 돈코츠 국물은 덜 진하고 담백한 편이거든? 시로돈코츠니까. 그래서 베이컨으로 감칠맛을 더하고, 구운 마늘로 풍미를 더하는 기고.”

이 말은 다 믿고 보는 블로거 토요우케 씨가 적어놓은 내용이었다.

“그리고 저 베니쇼가는 중간에 넣는 기다. 그게 아지헨이고. 아무리 담백하다 캐도 돈코츠니까 먹다 보믄 입안이 텁텁할 거 아이가. 그래서 삼 분의 일 정도 남았을 때 베니쇼가를 넣어 먹는 게 이 라멘의 포인트란 말이다.”

이것 역시 토요우케 씨 블로그에서 본 내용이다.

시시바는 메마른 웃음을 흘리며 말을 이었다.

“근데 와…… 갑자기 베니쇼가를 쏟아붓는 긴데. 아니, 어떻게 남의 그릇에 퍼부을 수가 있는 긴데? 니가 사람이가? 하, 오사라기 니는 찍먹파인데 누가 탕수육에 소스를 부어버리믄 화가 나겠나, 안 나겠나?”

“시시바 씨, 빨리 안 먹으면 불어.”

“사람 말 좀 들으래이.”

오사라기는 아주 맛있게 돈코츠 라멘을 먹고 있었다.

“안 먹어?”

“아니, 먹을 긴데.”

내가 먹고 싶었던 건 이런 라멘이 아니란 말이다.

시시바는 한숨을 삼키고, 어쩔 수 없이 라멘을 입에 넣었다.

“맛은 있고마.”

돈코츠 국물에 녹아든 베이컨의 감칠맛과, 코를 간질이는 구운 마늘의 풍미.

거기에 신맛이 강한 베니쇼가가 킥이 되어 매우 맛있다.

맛은 있지만⋯⋯ 시시바는 생각하지 않을 수 없었다.

베니쇼가를 넣기 전의 국물을 맛보고 싶었다⋯⋯고.

토요우케 씨도 블로그에 그렇게 남겼다.

맛의 변화를 즐기는 것이 돈돈정 ‘시로돈코츠’의 묘미라고.

그러나 시시바는 묵묵히 라멘을 먹었다.

왜냐하면 라멘은 죄가 없으니까.

“아니 진짜, 맛은 있는데.”

“다행이네.”

“니가 나구모였다면 벌써 죽었다.”

그렇게 말하자 오사라기는 묘한 표정을 지으며 굳었다.

“……그건 곤란해.”

“농담한 기다. 진지하게 고민할 필요 읎다.”

“시시바 씨를 죽이면, 살연 윗사람한테 혼나겠지?”

“죽는 건 내다? 이걸 진짜 죽여삐까.”

시시바는 첫 번째 라멘을 완식했다.

“다음은 산뜻하게 입을 헹궈보까.”

마음을 가다듬고 시시바가 찾아간 부스는, 여름에 딱 어울리는 시오레몬 라멘 가게 —— 오오시마산치였다.

레몬 농장 근처에 오픈한 라멘 가게는 일본에 이 집 하나밖에 없다.

그럼에도 불구하고 전국적으로 팬이 늘고 있다는 맛집이었다.

토요우케 씨의 블로그 정보에 의하면 이런 페스타에 참여한 게 이번이 처음이고, 관동 지역에서 이 집 라멘을 먹을 수 있는 귀중한 기회라고.

“시오레몬……? 라멘인데 레몬이 들어가?”

"메밀국수에 청귤이나 유자즙을 짜서 안 넣더나. 이상할 거 읎다."

"레몬을 계속 넣고 있으면 써져. 설탕도 넣어야 해."

"홍차는 그렇겠제."

시시바가 끼어든 순간, 오사라기가 아쉬운 듯이 말했다.

"깔끔한 시오라멘을 먼저 먹었으면 좋았을 텐데."

"오사라기 니는 가끔 내가 안 보이나? 툭 하면 무시가."

"그렇지 않아. 시시바 씨는 나한테……"

오사라기는 무언가 생각하는 눈치였다.

"음…… 공기?"

"그게 고개를 갸웃하며 할 소리고?"

"미안해. 그냥 던진 말이야."

"사과받는 게 더 상처다. 알고는 있었지만서도."

"시시바 씨도 상처 받아?"

너무나 의외라는 듯이 쳐다보자, 시시바는 작게 한숨을 내쉬었다.

"아니…… 누가 대놓고 니한테 '오사라기는 감정이 없어'라고 하면 슬프겠나, 안 슬프겠나."

"그치만 시시바 씨는 킬러잖아."

“니도 킬러다. 그리고 킬러라고 감정이 와 없겠나?”

“시시바 씨, 줄……. 앞으로 당겨 서지 않으면 뒷사람한테 민폐야.”

“니는 그게 문젠기라.”

정말 곤란한 사람을 보듯이 오사라기가 쳐다보자, 시시바는 일단 입을 다물었다.

대화를 하는 사이 줄이 절반 정도 줄었다.

돈돈정보다는 줄 선 사람이 많았기에 앞으로 20분 정도는 더 기다려야 한다.

대기 시간이 많이 남았다.

시시바는 돈코츠 라멘의 실패를 되풀이하지 않기 위해, 이 틈에 시오레몬 라멘을 먹는 방법을 설명해두기로 했다.

“오사라기는 시오레몬 라멘 먹는 거 처음이제?”

“…….”

갑자기 뭔가 유감스럽다는 듯한 눈으로 쳐다보는 오사라기.

“그 표정은 뭔데?”

“시시바 씨가 부심 부려.”

“무슨 부심.”

“레몬 부심.”

"아니, 부렸다믄 라멘 부심이겠제."

멍하니 눈을 동그랗게 뜨고 있는 오사라기에게 시시바는 이어 말했다.

"그런 거 아이라꼬. 아까처럼 멋대로 내 라멘에 부어뿌리믄 안 되니까 먹는 법을 미리 알려주려고 한 것뿐이다."

"라멘 정도는 혼자 먹을 수 있어."

"라멘 먹는 법을 설명하려는 게 아이고."

여전히 대화의 진전을 기대할 수 없는 오사라기였다.

그럼에도 시시바는 끈기있게 설명을 이었다.

"오오시마산치의 시오레몬 라멘 단골들은 고수를 올려먹는다 카더라."

여기서 다시, 토요우케 씨의 정보가 나올 차례였다.

"살짝만 더하믄, 약간 동남아식이 되면서 맛있어진다 카대."

"흐음."

성의 없이 대꾸한 오사라기의 시선은, 자신의 손을 향해 있다.

"성의 좀. 대화하다 말고 갑자기 핸드폰 보기 시작하는 건 안 좋은 버릇이다."

"알았어. 이번엔 시시바 씨 라멘에 손 안 댈게. 그럼 됐지?"

"그럼 됐다. 근데 와 니가 피해자 같은 얼굴을 하는 긴데? 한

숨 쉬는 거 다 들었다.”

“시시바 씨가 방해하잖아. 타깃 정보를 보고 있었는데.”

“퍼즐게임 앱을 켜놓고 뭐라카노.”

시시바가 지적하자, 오사라기는 시치미를 떼며 임무 의뢰 메일을 액정에 띄웠다.

“너무 늦은 거 아이가.”

“아깐 잘못 누른 거야.”

오사라기의 눈에는 죄책감이라곤 전혀 없었다.

ORDER 멤버 중에 제대로 된 놈은 없다지만……

오사라기도 어지간하다고 새삼 느끼는 시시바였다.

“어쨌건 너무 늦은 건 맞제. 임무 내용 확인 안 했나?”

“했어.”

“그라믄 지금 볼 필요 없는 거 아이가.”

“이 사람, 근처에 있댔지?”

“그렇다대.”

살연 조사팀이 보내준 정보에 의하면, 타깃인 남자는 코앞에 있는 빌딩 지하에 잠복해있다고 했다.

“여기 있을지도.”

“어느 멍청이가 그라겠노.”

살연 시절 실적을 보면, 남자는 나름 우수했다.

물론 시시바나 오사라기에 비빌 수준은 아니지만.

그래도 지금 살연 측에 쫓기는 몸이라는 자각이 있다면 쓸데없이 돌아다니지는 않을 터였다.

이번 임무는 속도전이 아니었기에 딱히 서두를 이유도 없었다.

"왜 라이센스를 잃었을까……."

의문을 표했지만, 오사라기는 관심 없어 보이는 얼굴이었다.

"위법무기를 밀매하다가 들켰다 카던데. 아마추어한테 비싸게 팔았다대. 질이 안 좋은 놈 같아. 근데 니 메일 확인 안 했제? 거기 다 나오는 긴데."

"무기 밀매라니까 그 사슴 일당 같네."

"또 무시한다."

이번에는 오사라기가 눈을 부릅떴다.

정작 시시바는 지난번 오쿠타비 과학박물관 지하에서 붙었던, 탈을 뒤집어쓴 남자를 떠올리고 있었다.

"근데 그거 사슴이가? 순록인 줄 알았는데. 뭐든 내 알 바 아니지만. 그쪽에 비하면 이번 타깃이 한 밀매는 귀여운 수준이겠제."

그러나 밀매를 들킨 순간, 파트너를 포함해 다섯 명이나 죽인 상태였기에 충분히 흉악범이다.

조직 내에서의 배신이야 킬러 업계에서는 흔한 일이었으나, 역시 속은 안 좋다.

일단 살연은 회사였다.

살연 규정은 지켜져야만 했다.

안 그러면 무법지대가 돼버린다.

그 규정 —— 이른바 질서를 지키기 위해서도, 이런 타깃은 절대 살려둬서는 안 된다.

시시바는 새삼스럽지만 오사라기에게 말했다.

"걱정 안 해도 금방 끝날 기다."

"시시바 씨, 점원이 주문 기다려."

어느새 오사라기는 자기 몫의 주문을 마친 모양이었다.

"……니는 타깃에 관심이 있는 기가, 없는 기가. 확실히 해라."

"시시바 씨, 주문 안 해?"

"주문하겠심더."

시시바는 오사라기를 포기했다.

그리고 기분을 바꿔 주문대 앞으로 갔다.

"시오레몬 라멘, 고수 올려서 하나."

“시오레몬 라멘, 고수 올려서 맞으시죠?”

이제 곧 토요우케 씨의 추천 라멘을 먹을 수 있다.

시시바는 기쁨에 차서 라멘이 나오기를 기다렸다.

그랬는데.

“아~ 어떡하죠, 손님? 고수가 떨어졌네요.”

생각지도 못했던 말에 시시바는 할 말을 잃었다.

“……뭐라?”

“정말 죄송합니다~.”

“진짜가? 아니, 너무 이른 거 아이가? 대체 와?”

토요우케 씨 블로그에 의하면, 고수는 호불호가 강하기 때문에 고수를 올려 먹는 사람은 진짜 애호가 정도일 거라고 했다.

가게 측에서도 적극적으로 추천하지는 않는다.

이렇게 빨리 고수가 떨어지는 건 이상한 일이었다.

“그게요~ 저희도 놀라고 있는데요, 주문하시는 분들마다 고수를 올려달라고 하시더라고요. 정말 죄송합니다.”

그렇다는데 더 뭐라 할 순 없다.

시시바는 고수 없는 라멘을 받아 들었다.

“와 하필 지금 떨어지는 긴데.”

“고수 없어서 아쉽겠다.”

"기대하고 있었는데."

살짝 처진 기분으로 오사라기와 함께 테이블에 앉았다.

그러다 문득 —— 시시바의 시선이 한 곳에 고정됐다.

오사라기의 라멘에 선명한 초록색이 올라가 있다.

있네, 고수.

"오사라기, 내 하나만 묻자."

"싫어."

"아직 암 말도 안 했다."

"이 고수는 내 거야."

"아까는 귀담아듣지도 않았으면서."

시시바가 오사라기 쪽으로 몸을 내밀었다.

그러자 오사라기는 단숨에 면을 빨아들이고 국물까지 흡입했다.

"진짜가……."

저런 속도로 먹으면 당연히 참사가 난다.

"시시바 씨 때문에 혀 데였잖아."

"……미안타."

째려보는 오사라기에게 뭐라 할 말이 없는 시시바였다.

그냥 묵묵히 먹고 얼른 다음 가게로 가자. 그렇게 결심했다.

그런 시시바의 귀에 다시 타격을 주는 대화가 들려왔다.

"고수 올려 먹으니까 맛있더라~."

"그러게~? 아까 얘기하던 긴 머리 남자한테 고맙네~."

고수 품절 사태의 원인이 자신일 수도 있다는 걸 알게 된 시시바.

그러고 먹은 시오레몬 라멘의 맛은 씁쓸했다.

또다시 토요우케 씨 추천 레시피대로 라멘을 맛보지 못한 시시바.

반드시 만회하겠다며 향한 곳은 히야시토마토 라멘 가게였다.

가게 이름은 YURURI 기치죠지.

트렌디한 라멘으로 젊은이들에게 인기 있는 맛집이라는 듯하다.

"라멘인데 차가워?"

"그것도 라멘이다."

여기서 냉라멘을 넣는 부분이 과연 토요우케 씨라고 생각했다.

너무 진하지 않은 담백한 돈코츠로 시작해, 시오레몬으로 입을 헹구고 난 다음, 히야시토마토로 청량함을 추가하려는 거다.

산뜻한 맛이 이어지면서 포만감을 느낄 수 있고, 무리 없이 다음 라멘으로 넘어갈 수 있다.

시시바가 전략을 짰어도 분명 똑같이 했을 것이다.

토요우케 씨와는 역시 마음이 맞는다고 생각하는 시시바였다.

"이번 건 어떻게 먹어?"

"이제 됐다. 오사라기는 오사라기, 니 맘대로 먹으래이."

쓸데없는 소리는 않겠다고 다짐하는 시시바였다.

주문을 마칠 때까지 시시마는 묵묵히 차례를 기다렸다.

대략 15분 후, 두 사람은 히야시토마토 라멘을 손에 넣었다.

결과물이 좋다.

그런데 테이블로 이동하기 전에, 시시바는 무심코 오사라기에게 부탁을 해버렸다.

"아, 그거 좀 집어도. 매운 조미료."

음식 나오는 곳 한구석에 조미료 코너가 있었다.

두 사람분의 라멘을 받은 시시바에게는 남는 손이 없다. 그래서 오사라기에게 말을 건 것이다.

"음, 이거? 이 빨간 거?"

"맞다, 빨간 거. 매칼하게 먹게."

"헤에…… 그렇구나."

토요우케 씨는 수제 고추기름을 한 바퀴 뿌려 먹기를 추천했
다.

몇 개 있는 조미료통 중 하나를 오사라기가 집어 왔다.

드디어 토요우케 씨의 추천 레시피 대로 먹을 수 있겠다……
며, 시시바는 기쁘게 빨간 기름을 한 바퀴 뿌렸다.

그 순간, 코를 찌르는 듯한 냄새가 피어올랐다.

"윽…… 이게 뭐꼬?!"

강렬한 냄새에 코를 틀어막는 시시바.

맞은편에 앉아있던 오사라기가, 스윽 하고 시시바의 대각선
자리로 자리를 옮겼다.

그 정도로 굉장한 냄새……라고 할까, 엄청난 자극이었다.

"잠깐잠깐잠깐. 이거, 고추기름 맞나?"

"응? 아니었어? 시시바 씨말대로 집어 온 건데…… 빨간 기
름."

"그거야 보면……."

조미료통을 자세히 보았다.

불길할 정도로 시뻘건 기름이 들어있는 조미료통 가운데에
매울 신(辛) 스티커가 붙어 있었다.

그리고 그 뒤에는 무려 ——

"DEATH라고 적혀 있……"

"시시바 씨, 죽어?"

"아니 죽지는 않겠지만서도."

'매울 신'에다가 DEATH까지 적혀있는 조미료라니 아무리 생각해도 범상치 않다.

제대로 확인하지 않은 자신의 잘못이긴 했지만, 이런 테러를 당할 줄은 예상하지도 못했다.

저도 모르게 토요우케 씨 블로그를 확인했다.

YURURI 기치죠지의 '히야시토마토'에 대한 글을 다시 읽은 시시바는, 주의사항이 적혀있다는 걸 이제야 보았다.

【YURURI의 매운 조미료는 두 종류다. 보통 매운맛과 캐롤라이나 리퍼가 있으므로 주의할 것】

확실했다.

오사라기가 가져온 빨간 병은, 바로 이 캐롤라이나 리퍼일 것이다.

이어서 얼마나 위험한 물건인지를 검색하던 시시바의 말문이 막혔다.

매운 정도가 무려 그 유명한 하바네로의 10배.

씨까지 다 먹으면 정말로 죽을 수도 있다고 한다.

"이거 죽을 수도 있겠는데."

"아, 그래?"

"참말로 냉정하게 말한다. 너무 남 일처럼 말하는 거 아이가?"

조금은 걱정하는 척이라도 하지 그러냐는 생각이 들었지만, 오사라기는 무표정을 고수하고 있었다.

"시시바 씨, 라면 식겠다."

"이건 원래 차갑다. 니랑 똑같은 거 아이가."

라멘 그릇에서는 심상치 않은 냄새가 계속 퍼지고 있었다.

이 시점에서 이미 코는 살짝 기능을 잃었다.

그리고 눈을 뜨고 있기 괴로웠다.

시시바는 갈등했다.

이 라멘을 먹으면 입이나 배가 폭발하는 거 아이가?

그런 생각을 하지 않을 수 없었다.

첫 번째도 실패했고, 두 번째도 실패했는데 어째서…… 왜 끝까지 조미료통을 직접 확인하지 않았는지, 시시바는 후회했다.

그러는 동안에도 오사라기는 라멘을 먹어 치워갔다.

후루룩 면을 빨아들이는 소리가 유난히 맛있게 들렸다.

시뻘건 기름이 듬뿍 쳐져 있는 라멘을 먹느냐 마느냐를 두고 망설이는 시시바.

"······안 먹어?"

"지금 생각 중이다."

"그래도 시킨 건데······ 라멘이 불쌍해."

이 상황에서 불쌍한 건 나라고 말하고 싶어진다.

하지만 이대로 라멘을 버리는 건 아니다.

시시바는 각오하고 면을 빨아들였다.

"──윽."

뭐라 할 수 없는 강렬한 매운맛이 입안을 유린하고 있었다.

이것은 순수한 고통.

대거 밀려들어 오는 캡사이신에 입안이 넝마가 된 것 같은 기분이 든다.

가능하면 그 자리에서 뱉어버리고 싶다.

하지만 시시바의 자존심이 용납하지 않았다.

테이블에 놓여있던 냉수를 컵에 따라서 쭉 들이켰다.

날씨가 더워서 얼음이 녹아 미지근해진 상태였지만, 안 마시는 것보다는 낫다.

이 근방 테이블에만 냉수가 든 물병이 놓여있는 건 가게 측

배려일지도 모르겠다……는 걸 새삼 깨닫는 시시바. 그 배려가 고마웠다.

그러는 사이 강렬한 자극이 정수리를 찌르며 머리가 욱신거렸다.

동시에 온몸에 있는 땀구멍에서 땀이 치솟기 시작했다.

그럼에도 시시바는, 다시 아무렇지도 않은 얼굴로 극한 라멘을 먹으며 이렇게 말했다.

"마이네(맛있네)."

"……시시바 씨 입술, 명란젓 같아."

살포시 미소 지으며 말하는 오사라기가 얄미웠다.

주문한 음식을 남긴다는 건 미식가로서 있을 수 없는 일.

토요우케 씨의 말을 가슴에 되뇌며, 시시바는 강철 같은 의지로 라멘을 다 먹었다.

"안 되겠다. 아직도 입안이 아파."

"시시바 씨, 따뜻한 커피 마실래?"

"날 죽일 생각이제?"

극도의 매운맛 공격을 받은 시시바는, 오사라기와 함께 잠시 전선을 이탈한 상태였다.

혀를 가라앉히지 않으면, 도저히는 아니지만 마지막 한 그릇을 못 먹을 것 같았다.

한 번 더 물을 마셔 컨디션을 가다듬은 다음 맛있게 먹고 싶었다.

땀을 많이 흘린 탓인지, 시시바는 살짝 늘어진 상태였다.

"부탁 좀 하자. 생수 좀 사다 줄 —— 하, 없네."

돌아봤는데 오사라기가 없다.

"오데 갔노……."

오사라기는 정말 자유롭구나 싶어 한숨이 나왔다.

뭐, ORDER에 들어오는 놈들은 하나 같이 자유롭고 제멋대로고 뻔뻔하긴 하지만.

그렇지만 이렇게 사람이 많은 곳에서 무슨 일이 생기면 귀찮아진다.

시시바는 오사라기를 찾기 위해 자리에서 일어났다.

그때.

"시시바 씨, 물."

오사라기가 페트병을 들고 빠른 걸음으로 오고 있었다.

"뭐고. 이거 사러 갔다 온 기가?"

조금…… 아니, 상당히 의외였지만, 시시바는 살짝 감동했다.

"자. 페트병에 사카모…… 곰돌이 씨 그림이 있어서 이걸로 했어."

왠지 모르게 눈을 반짝이며, 그리고 수줍어하며 말하는 오사라기.

지금 사카모토 씨라고 할라 캤는데. 오사라기한테는 사카 씨가 곰돌이로 보이나?

속으로 태클을 걸며 시시바는 페트병 뚜껑을 땄다.

푸슉 하고 시원스러운 소리가 들려 살짝 불길한 예감이 들었으나, 차가운 물을 들이키고 싶은 갈망을 거스를 수는 없었다. 시시바가 페트병에 입을 대고 페트병을 기울였다.

그리고 바로 호쾌하게 뿜었다.

입안에 찌릿찌릿하고 강렬한 고통이 작렬하여 도저히 삼킬 수 없었다.

"시시바 씨, 더러워."

매우 곤란하다는 얼굴로 말하는 오사라기.

시시바는 잠시 말없이 서 있다가, 흉터가 남아있는 턱에서 물기를 닦아낸 뒤에 오사라기를 바라보았다.

"……근데 오사라기. 생각해서 사다 준 걸 갖고 뭐라 카고 싶지는 않은데, 이걸 고른 이유가 뭐꼬?”

“톡 쏘는 게 맛있어.”

오사라기는 살짝 즐거워 보였다.

시시바는 천천히 페트병 라벨을 확인했다.

천연수라는 글자 아래에 웰킨톤 최강탄산이라고 적혀있었다.

“이거 찐한 강탄산 아이가. 내 혀를 어케 하고 싶은 긴데?”

“나눠줬어.”

“아하. 산 게 아이고. 아니, 그래, 평소 같았으믄 상쾌한 자극이 맛있고 좋았겠제. 내야 잘 모르지만, 라멘 먹고 난 뒤에 마시니까 다이어트 효과도 있을 테고 —— 아니, 마 다 됐다.”

“시시바 씨, 주스 사줘. 라멘 먹어서 돈 없어.”

“네 라멘 값을 낸 건 내다.”

오사라기가 그랬냐는 듯이 고개를 갸웃하기에, 시시바는 그냥 많은 걸 포기하기로 했다.

다시 물을 마시며, 심신 양면으로 휴식을 취한 시시바와 오사라기.

30분 정도의 텀을 두고 두 사람은 드디어 마지막 가게로 향했다.

슬슬 배가 불러온다.

이게 진짜 마지막 기회일 터.

이번에야말로 토요우케 씨가 추천해준 방식대로 라멘을 즐기고 싶은 시시바였다.

"그럼 가보까."

"마지막은 평범한 쇼유 라멘이야?"

불만스러운 목소리였으나, 시시바는 신경 쓰지 않고 대답했다.

"뭐, 왕도라 할 수 있는 해산물 베이스의 라멘이제."

"그래 봤자 쇼유 라멘은 쇼유 라멘……."

"아니, 무시할 게 아이다. 이렇게 기본적인 맛을 잘 내는 게 제일 어려운 기다."

"비린 거, 별로야."

"선입견은 버리고. 이 집 라멘은 비린내라고는 없다 캤다."

그야말로 단품 승부.

해산물 육수 하나로 승부하는, 맛에 고집이 있는 주인이 운영하는 라멘 가게였다.

토요우케 씨의 정보에 의하면, 맑은 해산물 육수임에도 풍부하고 깊은 맛이 나고 뒷맛까지 깔끔하다고 했다.

여기에다가 간장소스를 더한 '왕도! 교카이쇼유'에 *치지레멘을 써서, 김, 멘마, 챠슈를 올린 전통적인 라멘이 진짜 맛있다고 했다.

여기서는 다른 토핑이 일절 필요 없다.

그대로 라멘의 맛을 맛봤으면 좋겠다고 적혀 있었다.

"아, 김치 토핑 있다."

붙어있던 메뉴판을 보고 오사라기가 눈을 빛내기에, 시시바는 바로 태클을 걸었다.

"김치는 좀 아니제."

"……그럼 파 많이, 기름 많이, 고기소보로 토핑?"

"갑자기 미식가인 양 굴지 말고. 여기는 그냥 먹으면 된다, 그냥."

말 그대로 기본, 근본 그 자체인 교카이쇼유를 주문하는 두 사람.

이제 남은 건 마음껏 라멘을 즐기는 것뿐이다.

"맛있겠어."

담담하게 말하는 시시바.

하지만 속으로는 이제야 바라던 대로의 라멘을 먹을 수 있다는 기쁨에 떨고 있었다.

※치지레멘 : 물결모양의 주름을 내어, 국물이 배기 쉽도록 만든 중화면

그런 시시바 맞은편에서 오사라기는 뜨거운 면과 국물과 싸우고 있었다.

"서두를 거 읎다. 그러다 또 데일라."

"히히바 히는 흐허으 헤 머흐라으 해허."

"뭐라는지 하나도 모르겠다."

주의를 줬는데도 오사라기는 면을 흡입했다.

"국물 다 튀네."

기세 좋게 빨아들이는 면에서 튄 교카이쇼유 라멘의 구수한 국물이 시시바의 정장 재킷을 향해 날아왔다.

시시바는 급히 물수건으로 재킷을 닦았다.

"세탁 맡겼다 이제 입은 긴데."

"그거 처음부터 더러웠어."

"니, 그래 갖고 친구는 있겠나."

이러고 있을 때가 아니다.

시시바도 빨리 라멘을 먹고 싶었다.

일단 국물부터 한 입.

시시바는 숟가락으로 국물을 떠서 입 안에 넣었다.

그 순간 ——!

"……?"

시시바의 머릿속에 물음표만 떠올랐다.

뭔가 이상하다.

"……야, 오사라기. 내 뭐 좀 물어보자."

"지금 라멘 먹느라 바쁘니까 나중에."

"아니, 먹으면서 들어도 된다."

후루룹 후루룹, 너무나 맛있게 라멘을 먹고 있는 오사라기에게 시시바가 물었다.

"이 라멘, 아무 맛이 안 나는데?"

"시시바 씨가 이상한 소리 해."

"……아, 그런 기가. 그렇다믄……."

시시바의 미각이 죽었다.

다 그 시뻘건 소스 때문일 것이다.

탄산수가 준 자극 또한 안 좋은 방향으로 작용한 것이 틀림없다.

그래서 아마도 냄새도 못 맡게 됐을 것이었다.

물 마시고 텀을 뒀으니 괜찮아졌으리라 생각했던 미각과 후각은, 아직까지도 죽어있었던 것이었다.

"아무 맛도 안 난다고."

"이 라멘 맛있어. 오늘 먹은 것 중 제일 맛있어."

오사라기 주변 사람들도 후루룹 짭짭 —— 하나 같이 맛있게 라멘을 먹고 있다.

그 광경을 본 시시바는 세상에 홀로 남겨진 기분이 들었다.

그리고 약간의 살의가 끓었다. 유난히 기분이 좋아 보이는 오사라기에게도 화가 났다.

아니지, 아니지 ——하며, 스스로를 진정시키는 시시바.

아직 희망을 버리지 않았다.

시시바는 라멘이 조금 더 식기를 기다리기로 했다.

맛이라는 건 뜨거우면 느끼기 어려운 법이다.

국물이 조금 더 식으면 마비된 혀로도 뭔가 느낄 수 있을지도 모른단 생각이 들었다.

"시시바 씨, 안 먹어?"

"아니, 잠깐 시간을 두고 —— 하, 벌써 다 먹었나?"

"안 먹을 거면 나 줘."

"그라고 더 달라고?"

오사라기 앞에 놓인 그릇은 깨끗하게 비어있었다.

"시시바 씨가…… 먹어버렸어."

"니, 엄청 씩씩하게 다 먹은 거 잊었나?"

오사라기가 시시바의 그릇을 빤히 바라본다.

사냥감을 노리는 사냥꾼 같은 시선이었다.

"남기는 게 아니라 캐도."

"시시바 씨, 나빠."

"내가 내 걸 먹겠다는 긴데, 뭐가 나쁜데."

시시바는 다시 도전해보기로 했다.

이대로 있다가는 정말로 오사라기에게 뺏기는 수가 있다.

혀에 모든 신경을 집중시켜 국물을 한 입 떠 넣었다.

그러자 이번에는 희미하게 달콤하면서도 짙은 국물 맛이 퍼졌다.

" ── 됐다."

미약하지만, 그래도 맛이 느껴진다!

이대로 집중해서 먹는다면.

눈을 부릅뜨며 시시바가 젓가락으로 면을 건진 ── 바로 그 순간이었다.

갑자기 쿵 하고 알 수 없는 진동이 일어서, 시시바는 면을 입에 넣을 타이밍을 놓쳤다.

"죄송합니다."

뭐 하자는 건가 싶어 옆자리를 보는데, 굉장히 덩치가 큰 남자가 앉아있었다.

기억에 있는 얼굴이었다.

틀림없이, 오늘의 타깃이다.

시시바는 믿을 수 없었다.

아무리 잠복지인 빌딩에서 가깝다 해도, 라멘 페스타에 올 일인가.

그렇게까지 멍청하지는 않을 거라 생각했는데, 아무래도 무척이나 멍청한 남자인 듯했다.

시시바는 망설였다.

이대로 라멘을 먹을 것이냐, 말 것이냐.

라멘이냐, 타깃이냐. 지금 우선시해야 할 대상은 어느 쪽인가.

"시시바 씨, 왜 그래?"

오사라기가 의아하다는 얼굴로 이쪽을 보고 있다.

"……아무것도 아이다."

그래, 역시 라멘이 우선이제!

그렇게 결심한 시시바 앞에 앉은 오사라기의 시선은, 어느새 덩치 큰 남자에게로 향해 있었다.

제발 눈치채지 않기를 기도하는 시시바.

그러나.

"시시바 씨, 멍청한 사람…… 여기 있어."

타깃을 알아본 오사라기가 검은 아우라를 내뿜기 시작했다.

그러자 이변을 눈치챈 타깃이 엄청난 기세로 일어섰다.

"또 살연이냐! 빌어먹을!"

그렇게 외치더니, 테이블을 뒤엎고 도망친다.

"시시바 씨, 쫓아가자."

"⋯⋯⋯⋯고."

"시시바 씨?"

"저 자식, 내 라멘에 이게 무슨 짓이고오오——!!"

땅에 처박힌 처참한 라멘을 본 시시바의 분노는 그치지 않았다.

그 후, 무시무시한 얼굴로 추격을 시작한 시시바와 오사라기에게 타깃은 손쉽게 잡혔고, 질서(ORDER)의 이름으로 숙청되었다.

결국 마지막의 마지막까지, 생각대로 라멘을 즐길 수 없었던 시시바.

그날 밤 집에 돌아간 시시바는, 질리지도 않고 토요우케 씨의 블로그를 보고 있었다.

“시내 추천 라멘 가게 베스트 100…… 내일부터 매일 소개해 준다고.”

이번에는 임무가 없는 휴일에 혼자 가야겠다 —— 그렇게 다짐하는 시시바였다.

카시마와
시타마치 카페

SAKAMOTO DAYS

이곳은 *시타마치의 일각.

연식 있어 보이는 반찬 가게, 건어물 가게, 고서점, 그리고 자그마한 카페들이 즐비해 있는 이곳 한쪽에 자리한 커피전문점 '겨우살이'.

그곳 창가 자리에는 간혹 신의 사자가 머무르다 간다는 소문이 퍼져 있었다.

──정말이지, 소문이란 건 황당하기 짝이 없군요.

카시마는 텅 빈 커피 컵을 손으로 만지작거리며, 엄청난 양의 이력서 데이터를 훑어보고 있었다.

앉아 있는 곳이 어디냐, 바로 창가 자리다.

칠흑과 같은 정장을 차려입고, 멋들어진 뿔이 꽂혀있는 순록 탈을 쓴 채, 카시마는 리모트워크 중이었다.

──아차, 이럴 때가 아니죠. 쓸데없는 생각을 하고 있을 시간은 없습니다.

마음을 가다듬고 맞춤법이 엉망인 이력서 데이터를 보고 있는데

──

딸랑딸랑.

도어벨 소리와 함께 손님이 들어왔다.

"어서 오세요."

*시타마치(下町): 도심에서 전통 서민 문화를 볼 수 있는 아사쿠사와 같은 상업지역

"장사는 잘되고 있나? 텅텅 빈 걸 보니 물을 것도 없지만 말이야, 하하."

호쾌해 보이는 아저씨가 큰 목소리로 카페 주인에게 말을 걸더니, 뭐가 재미있는진 모르겠지만 웃고 있었다.

"일단 블렌드 커피 ——."

그렇게 말하며 가게 안을 둘러보다 흠칫 하는 아저씨.

그 움직임은 노트북을 들여다보던 카시마에게도 전달됐다.

"아…… 아 —— 그랬군. 눈치 없어서 미안하다. 다음에 다시 올게."

"아니, 그래도 오셨는데."

"아냐, 아냐. 난 이래 봬도 신앙심이 깊거든. 방해해서 미안."

"……알겠습니다. 다음에 또 오세요."

"그래. 다음에는 제대로 확인하고 들어올게."

그렇게 말하며 아저씨는 입구에서 조용히 합장하고 떠났다.

——방금 그건……?

순록 탈을 뒤집어쓰고 시선이 아래로 향해있던 카시마의 눈에도, 아저씨의 기묘한 행동은 어렴풋이 보였다.

문이 완전히 닫히자, 카시마는 고개를 들었다.

"말씀 좀 묻겠습니다, 방금 저분…… 저를 보고 합장을 하지 않

았습니까?"

"네? 아니, 그게~…"

카페 주인(이라고 하기에는 꽤 젊어 보이는 남자)은 말을 흐리며 사교적인 미소를 지었다.

"그건 저도 잘 모르겠습니다!"

"음~~ 동공이 흔들리고 있습니다만~. 목소리도 살짝 삑사리 났고…… 으~~음."

"그렇지 않습니다."

"그래요? 순록한테 거짓말을 하면 죽는 수가 있습니다."

아주 잠깐 공기가 얼어붙었지만, 카페 주인은 유쾌하게 대답했다.

"아하하, 무섭네요."

"농담이 아닌데 말입니다."

──경우에 따라서는요.

순록의 동글동글한 눈을 통해 카페 주인을 빤히 바라보는 카시마.

이번에는 살짝 불편한 티가 드러났지만, 카페 주인은 바로 시선을 컵 쪽으로 돌렸다.

"아, 다 드셨네요. 리필하시겠습니까?"

"……네, 블렌드 커피로요."

“알겠습니다!”

화제를 돌리고 자리를 피하는 티가 과하게 났지만, 카시마는 다시 노트북 화면에 집중했다.

——뭐, 거짓말을 한 이유가 뭐든 죽일 필요가 있지는 않겠지요.

카페 주인이나 아까 그 아저씨나, 지금 카시마에게는 보호받아야 할 약자였으며, 존귀한 정의 끝에 있을 이상적인 세계에서 편히 살아도 되는 존재였다.

“막 내린 커피입니다.”

카시마는 가볍게 고개로 인사하고, 커피를 마시기 위해 기운 자국이 덕지덕지 있는 손으로 순록 탈을 살짝 들었다.

손과 마찬가지로 덕지덕지 기운, 입술 끝에서 귀까지 길게 난 흉터가 드러났다. 입술 중앙에는 ‘×(가위표)’ 마크가 그려져 있었다.

카페 주인이 새로 갖다준 커피를 홀짝이며, 카시마는 다시 생각났다는 듯이 물었다.

“그 소문과 관련이 있습니까?”

신의 사자가 어떻더라는, 그 소문 말이다.

카운터로 돌아간 카페 주인은 카시마의 말을 듣고 티 나게 기침을 해댔다.

—— 이런, 맞나 보군요.

그렇다 해도 자신에게 합장할 이유는 없다.

그렇다면 아저씨는 자신이 아니라, 그저 창가를 향해 합장을 한 것인지도 모른다고 카시마는 생각했다.

—— 이 자리에 신의 사자라는 존재가 앉았다 간다니 그럴 수 있죠.

카시마는 그렇게 납득했다.

신이 깃든 장소를 경외하는 마음은 카시마도 안다.

카시마 또한 감실(龕室)을 청소하는 신성한 마음으로 ×(슬러)의 방을 청소한다.

아무튼 —— 카시마는 전혀 알지 못했다.

커피전문점 '겨우살이' 에 일주일에 몇 번씩 얼굴을 내밀게 된 자신이 바로 '신의 사자'—— 감지덕지 사슴남이라 여겨지고 있다는 것을.

왜냐면 카시마가 머리에 쓴 건 '사슴' 이 아니라 '순록' 이므로.

자신을 사슴의 화신, 혹은 그에 준하는 것으로 여기고 있다고는 조금도 생각하지 않았다.

—— 신의 사자……라. 대체 어떤 인간일까요.

마을 인간들이 경외하는 존재가 카시마는 조금 궁금했다.

물론 ×(슬러)보다 더 경외 받아야 할 인물은 이 세상에 존재하지 않다고 생각했지만.

　——신의 사자가 휴식을 취하러 오는 카페…… 참으로 재미있는 가게가 있군요.

김이 올라오는 커피를 다시 홀짝거리는 카시마.

카시마가 왜 이런 특이한 카페에 드나들게 되었느냐, 그것은 지금으로부터 몇 달 전에 있었던 어느 날 밤으로 거슬러 올라간다——.

　"——그래서 죄책감? 그런 게 맛이 가 있는 상태거든요. 그래서 아까 말했던…… 뭐랬지? 아, 존귀한 정의? 그런 걸 위해 막 나설 수 있다, 이거죠."

　"……그렇군요. 그럼 묻겠는데, 눈앞에서 길고양이를 괴롭히고 있는 집단을 본다면 어떻게 하시겠습니까?"

　"엥. 뭡니까, 그거? 심리 테스트예요? 웃기네. 글쎄요——……."

어느 사무실 거리의 패스트푸드점 안.

구석 자리에서 카시마가 마주 보고 있는 자는 면접을 받으러 온 남자였다.

×(슬러) 조직의 장기 말 —— 아니, 인재를 채용하기 위한 면접이었다.

슬슬 본격적으로 시작하려는 계획을 위해서는 여러모로 조직원이 필요했고, 카시마는 그 인원 충당을 담당하게 됐다.

【모여라☆ 존귀한 정의를 수호하는 용사들이여! ※고소득 보장】

장난스러운 모집 문구는 '딱딱하기만 한 건 안 된다'는 가쿠의 의견을 반영하여 카시마가 만든 문구였다.

이래 갖고 지원자가 있기나 할지 걱정했는데, 생각보다 많은 연락이 들어왔다.

—— 같은 뜻을 지닌 이들이 이렇게 많이 있을 줄이야……!

카시마는 순수하게 기뻐했다.

가능하면 아무도 매정하게 떨어뜨리고 싶지 않았다.

단순한 아르바이트조차도 이력서 단계에서 떨어지는 일이 흔한 빡빡한 세상이다.

적어도 응모자 전원과 면접은 해보자!

그렇게 카시마는 한 명 한 명 연락을 취해보기로 했다.

……그랬는데.

"제가 고양이 알레르기가 있어서요, 고양이 퇴치하는 사람 보면 진짜 리스펙 해요."

눈앞에 앉아 있는, 지성이라고는 한 조각도 찾아볼 수 없는, 야만스러움을 형상화한다면 딱 그럴 것 같은 남자와의 대화에, 카시마는 면접 시작 5분 만에 후회했다.

——어리석음의 극치…….

도저히 ×(슬러) 님의 계획에 낄 수 있는 인간이 아니다.

"아, 그리고 페이 말인데요——"

"불합격입니다."

고양이 알레르기가 있다는 남자는 카시마에게 욕지거리를 하고 떠났다.

덕분에 가게 안 손님들에게 눈총을 받아, 카시마는 기운이 빠졌다.

눈에 띄지 않게 일부러 구석 자리에 골라 앉았는데 의미 없게 됐다.

——뭐, 괜찮아요. 면접은 이제 막 시작이니까요.

마음을 다잡고 향이 날아가 버린 커피를 마셨다.

그리고 20분 후, 카시마는 다시 실망하게 된다.

"근데요, 그 조직에요, 괜찮은 남자 있어요? 회식은요?"

——업무와 무관한 얘기만……. 불합격.

"저 같은 건 어떻게 돼도 되거든요…… 흐흐. 목숨 같은 건 아깝

지 않아요…… 흐흐.”

——그저 파멸주의자인가요. 방해만 되는 장기 말은 필요 없죠. 불합격.

“그럼 당신이랑 붙어서 이기면 내가 상사인 거지? 오케이? 하극상 금지? 그런 거 없음.”

—— 볼 것도 없이 불합격!

이놈이나 저놈이나 제대로 된 놈이 없다.

버리는 패로조차 쓰고 싶지 않다 생각하며, 카시마는 고개를 떨궜다.

오후부터 몇 시간 만에 살이 몇 킬로그램은 빠진 것 같은 느낌이 들 정도였다.

——지원자 중에 제대로 된 인재가 없잖아요!

저도 모르게 속으로 가쿠 탓을 하는 카시마.

아지트로 돌아가기 위해 터덜터덜 밤길을 걸으며 카시마는 한숨을 내쉬었다.

——아니, 아니. 가쿠에게 책임을 돌릴 일이 아니죠. 지원자가 많다 보면 이상한 놈이 다소 낄 수도 있죠. 예상했던 일이에요. 오늘 면접은 하나 같이 좀 뭣 같았지만요. 그것도 다 우연이겠죠. 다

만, 다음부터는 조금 더 신중하게 면접 상대를 거를 필요가 있겠어요.

일단 이력서에서부터 수상한 지원자는 거르기로 결심했다.

그런 생각을 하고 있는데……

"……이런. 여기는 어딜까요?"

카시마는 어둑한 시타마치의 한 골목에 들어서 있었다.

아지트까지 세 정거장 거리라 걸어가고 있었는데, 설마 길을 잃을 줄이야.

——내가 어쩌다……. 일단 지도 앱을…… 응?

꺼내든 휴대폰 액정에 뚝 하고 물방울이 떨어졌다.

그걸 인지한 순간 쏴 —— 하며 강한 빗줄기가 쏟아졌다.

이건 아니다 싶어, 카시마는 서둘러 적당한 건물의 지붕 아래로 들어가 비를 피했다.

옷이나 몸은 얼마든 젖어도 되지만, 업무 정보가 저장돼 있는 노트북과 순록 탈이 젖는 것만은 피하고 싶었다.

젖은 순록 탈을 잘 말리려면 제법 시간이 걸린다. 냄새도 난다.

그리고 그 시간 동안 맨얼굴로 있어야 하는 것에 대한 거부감도 있었다.

—— 음~ 이거 곤란하게 됐군요.

말 그대로 양동이로 쏟아붓듯이 비가 내려, 거리가 뿌옇게 보였
다.

그런 광경을 바라보며, 카시마는 어떻게 해야 할지 생각에 잠겼
다.

그때.

“저기 괜찮으시면 —— 으억?!”

문을 열고 말을 걸어온 젊은 남자는, 카시마의 얼굴을 보자마자
비명을 질렀다.

“뭡니까? 얼굴을 보자마자. 무례하군요.”

하긴, 엄밀히 말하면 인간의 얼굴은 아니다. 순록 얼굴이다.

“헉…… 말을……? 헉, 사슴? 헉, 코스프레?”

“사슴이 아니라 순록입니다.”

“순록…… 그, 그렇군요.”

뭘 납득했는지는 모르겠지만, 남자는 정중히 말했다.

“여기는 카페거든요. 비가 이렇게 쏟아지니…… 괜찮으면 들어오
세요.”

“……이런, 실례했군요. 가게인 줄은 몰랐습니다.”

자세히 보니 유리문에 커피전문점 ‘겨우살이’ 라고 적혀 있다.

어떡할지 잠시 생각하는 카시마.

이런 곳에서 허비할 시간은 없다.

안 그래도 할 일이 많은 데다, 지금은 아지트에 ×(슬러)와 가쿠 밖에 없다.

얼마 전까지 우다가 있어서 잡무를 분담할 수 있었으나, 지금은 아니다.

우다는 살연에 잠입해 있는 상태였다.

가능한 한 ×(슬러)를 수고스럽게 하고 싶지 않은 카시마지만, 가쿠가 그런 배려를 하리라고는 생각하기 어렵다.

——한시라도 빨리 아지트로 돌아가고 싶은데…….

"바로 그칠 비는 아닌 것 같은데요?"

"……죄송하지만, 우산을 빌릴 수는 없을까요?"

"죄송합니다. 얼마 전에 카페에 뒀던 우산 여유분을 처분해 버려서요."

자신이 잘못한 것도 아닌데 엄청 죄송스럽다는 표정을 짓는 남자.

카시마는 어쩔 수 없이 비를 피해 머물다 가기로 했다.

가게 내부는 가게 외견 못지않게 레트로한 분위기였다.

"누추해서 좀 그렇지만…… 아, 그래도 청소는 열심히 하고 있습

니다!”

“그런 것 같네요.”

가죽 소파도, 발 디디는 느낌이 좋은 마룻바닥도, 연식은 있지만 너저분한 느낌은 없다.

“저희 할아버지가 운영하시던 가게인데, 최근에 제가 물려받았다고 해야 할까, 그렇게 돼서요.”

“그러셨군요.”

신나게 얘기하는 남자의 말에 적당히 대꾸하는 카시마. 카시마는 즐거이 대화를 나눌 기분이 아니었다.

하지만 그는 카시마의 반응은 개의치 않고 말을 계속했다.

“원래 어렸을 때부터 할아버지가 내려주신 커피를 좋아했거든요. 아버지는 요즘 시대에 커피전문점을 운영하는 건 불안정하다고 뭐라 하셨지만 ——.”

뒤돌아본 남자 —— 젊은 카페 주인은 카시마가 입구에 서 있다는 걸 그제야 깨닫고 서둘러 자리를 권했다.

“일단 앉으세요! 그리고 이건…… 따뜻한 물수건입니다!”

“고맙습니다. 잘 쓰도록 하죠.”

“뭐라도 드실래요? 아, 커피밖에 없지만.”

“아뇨, 괜찮습니다.”

그렇게 말하자마자, 카시마는 생각했다.

　――커피를 주문하라는 의미였을까요.

들어와서 비를 피하라는 건 호의라지만, 이렇게 돼버리면 주문을 안 하는 게 불편하다.

카시마는 생각했다.

　――앞으로 우리 조직에는 얼마가 있어도 부족할 만큼의 돈이 필요합니다. 티끌 모아 태산이라는 말도 있고…….

가능한 한 쓸데없는 지출을 줄이고 싶은 것이 솔직한 마음이었다.

　――하지만, 비가 언제 그칠지 모르는데 주문을 안 하는 것도…….

카시마가 본격적으로 고민을 시작하고 있는데, 카페 주인이 죄송하다는 얼굴로 입을 뗐다.

"커피값은 안 주셔도 됩니다, 정말. 도리어 신경 쓰이게 해서 죄송하네요."

"아뇨, 아무리 그래도 그건 좀."

"아뇨, 아뇨. 제가 억지로 들어오시라고 한 것과 마찬가지인걸요."

"아뇨, 아뇨, 아뇨. 들어오기로 결정한 건 접니다."

"아뇨, 아뇨, 아뇨, 아뇨."

얘기가 끝날 것 같지 않다.

이때, 카시마는 솔직히 지쳐있었다.

말이 통하지 않는 인간들과 면접을 하느라, 당분도 필요하고 힐링도 필요했다.

그래서 그만, 이렇게 말하고 말았다.

"그럼…… 감사히 호의를 받겠습니다."

"그래 주세요! 사실 오늘 안으로 마셔야 하는 커피가 있거든요. 팔다 남은 거긴 하지만요. 원두란 게 원래 갈아 놓으면 상미기간이 짧아져요. 그래서 내리고 있었는데, 왠지 혼자 마시는 건 또 그렇잖습니까. 도리어 제가 감사한 마음이에요."

카페 주인은 환하게 웃으며 카운터 안으로 사라졌다.

──다소 특이한 인간 같군요.

본인처럼 '조금 수상한 순록'을 가게 안에 들이고 커피까지 대접해 주겠다니, 상당히 마음이 좋은 인간이라는 건 분명하다.

──인간이 너무 좋은 것도 좀 그런데 말이죠.

남 일이라지만, 조금 걱정되는 카시마였다.

잠시 후, 카운터에서 매우 프루티한 향기가 풍겨왔다. 커피라고 들었는데, 과일 껍질이라도 벗기는 듯한 향이다.

하지만 카페 주인은 분명 커피를 내리고 있었다.

커피 서버에 짙은 갈색 액체가 금세 채워졌다.

카운터에 놓인 하얀 컵에 그 액체를 따르자, 또 과일 같은 달콤한 향이 퍼졌다.

"드셔 보세요. 블랙아이보리입니다."

—— 들어본 적 없는 이름인데 과연…….

카시마는 약간의 설탕을 넣은 다음, 입으로 가져갔다.

그러자.

"헉…… 이것은……!"

"놀랍죠."

카페 주인은 기쁜 표정이었다.

"정말로 커피 맞습니까? 마치 과일을 먹는 듯한……! 그리고 이 혀에 감도는 부드러운 감미로움. 마신 뒤에도 쓴맛이 전혀 없네요."

그야말로 인생 첫 경험에 카시마의 흥분이 가라앉지 않았다.

"이토록 맛있다고 느낀 커피는 처음입니다."

"그러시죠, 그러시죠."

카시마에게 커피는 기호품이긴 했으나, 딱히 따지고 고집하는 건 없었다.

좀 더 확실하게 말하면 입안에 들어가면 좋은 정도였다.

맛없는 커피를 마시고 싶지는 않지만, 낭비라 느껴질 만큼 소비하고 싶지는 않았고, 패스트푸드점의 100엔짜리 커피여도 괜찮았다.

하지만 이렇게 맛있는 커피를 마실 수 있다면 얘기가 달라진다.

——보스에게도 맛보여드리고 싶을 만큼의 일품……!

분명 ×(슬러)라면 이 맛을 마음에 들어 하리라, 카시마는 그렇게 생각했다.

"블랙아이보리라고 하셨죠? 이 커피를 테이크아웃할 수 있을까요? 아니면 간 원두를 판매해 주신다거나."

"아, 그게 말이죠……. 있기는 한데……."

갑자기 말끝을 흐리던 카페 주인은 미안한 낯으로 메뉴판을 테이블에 올려놨다. 마지막 페이지를 보여주며 미안하다는 듯이 말했다.

"특수한 커피라서 직접 매입하러 가는 데다, 일본에서는 현재 저희 가게만 특별히 판매 허가를 받고 있는 모양이라서요. 죄송합니다. 그래서 가격이 이렇습니다."

"보겠습니다."

어디 어디, 하며 가격을 본다.

—— 응? 이상하군요. 0이 번져 보이는 것 같은데…….

눈이 침침한가 싶어 눈을 몇 번 깜빡거린 뒤 다시 봤다.

── 이상하군요. 아무리 봐도 0이 많은데.

카시마는 저도 모르게 순록의 눈을 비볐다.

"아 ── …… 역시 놀랍죠? 가격이."

"……설마 했는데, 이 가격이 맞는 겁니까?"

"네. 실은 이게 아는 사람은 아는 고급 커피거든요."

── 그렇다면, 이 한 잔이…….

"칠천 엔입니다."

"헉!"

민망한 웃음을 날리는 카페 주인을 보며 카시마의 눈이 휘둥그레졌다. 물론 순록 탈 안쪽에서였지만.

"한 잔이 칠천 엔이면, 원두로 사면……."

"네다섯 잔 분에 삼만 엔 정도입니다."

가격을 듣는 것만으로 어지러웠다.

팔다 남았다고 했는데 그게 당연하다.

── 그런 가격의 커피를, 아무리 무상으로 제공받았다고 해도 나는…… 나는……!

카시마는 맛있다고 느낀 것조차 부끄러워지려 했다.

동시에 어처구니가 없었다.

“믿을 수 없군요. 커피 한 잔에 그런 가격이라니.”

“그렇죠. 그만큼 인간은 먹는 것에 관해 탐욕스럽다는 생각도 듭니다.”

“그 가격에 걸맞은 인간이 과연 얼마나 될지는 의문스럽군요.”

“하하. 냉철한 말씀을 하시네요~.”

“사실 아닙니까. 돈을 지불했다고 해서, 정말로 그 가치를 이해하고 있다고 단정할 수는 없습니다. 그런 놈들은 차고 넘치니까요.”

——그분이라면…… 아니, 그분만이 분명 바르게 이해하실 수 있겠지요.

그렇다고 냅다 사 들고 갈 수는 없다.

고가의 원두이기에 맛있게 내리는 기술이 필요하리라 판단한 것이다.

카시마는 커피 구입을 포기했다.

그 모습을 지켜보던 카페 주인은 아무래도 뭔가 착각한 모양이었다.

“아, 물론 처음에 말씀드렸던 대로, 커피값을 받을 생각은 없습니다!”

미소가 새겨진 얼굴에 ‘마음 쓰지 마세요’ 라고 적혀있다.

그렇게 나오면 더 신경 쓰인다.

×(슬러) 외의 인간에게 마음을 나눌 생각은 전혀 없는 카시마였지만, 조금 불편했다.

"그리고…… 묻고 싶은 게 있는데요."

"네, 말씀하세요."

"카페 안에 와이파이가 갖춰져 있을까요?"

"물론이죠. 리모트워크에 최적인 환경일 거라 생각합니다!"

카페 주인의 눈이 반짝거렸다.

완전히 다음 방문을 기대하는 눈이다.

"……그저 여쭤본 것뿐입니다."

"네! 괜찮으시면 또 들러주세요!"

묘하게 영업 당한 것 같은 느낌이 들었다.

하지만 기분이 나쁘지는 않았다.

딱딱했던 카시마의 머리와 몸이, 기분 탓인지 이완돼 있었다.

그러고 있는데 카시마의 휴대폰으로 메시지가 들어왔다. 마침 비가 그쳤을 때였다.

가쿠　　　　　**"몇 시에 들어와? 먹을 거 좀 사다 줘"**

가쿠에게서 온 메시지를 보고, 카시마는 있는 힘껏 얼굴을 구겼다.

——이 인간이 정말. 그 정도는 자전거라도 타고 나가서 직접 사 올 것이지——.

하지만 두 번째 메시지를 보고, 카시마는 곧장 귀가를 결심한다.

가쿠　　　　"보스도 배고프대"

"이런! 바로 들어가야겠어요!"

카시마는 컵에 남아있는 커피를 알뜰히 마시고 카페 주인에게 말했다.

"급한 볼일이 생겨 이만 가보겠습니다. 오늘은 정말 감사했습니다."

"일이 바쁘시군요."

"원해서 하는 일이니까요."

"잘 되시길 바라겠습니다!"

——네, 그럼요. 이 몸이 다할 때까지 최선을 다할 겁니다.

카시마는 가게에서 나와 아지트 근처의 슈퍼마켓으로 달려갔다.

일주일 후, 카시마는 다시 커피전문점 '겨우살이'를 찾았다.

풀로 충전해 둔 노트북을 들고, 오래 자리 잡고 있을 생각으로.

아지트에서 걸어 다닐 수 있는 거리에 있고, 도심으로 접근하기에도 좋다. 생각해 보면 조용히 사무를 처리하는 데 나쁘지 않은 환경이라 생각됐다.

아지트에 있다 보면 가쿠가 툭 하면 말을 걸어 시끄럽다……는 것도 이유 중 하나였다.

젊은 카페 주인은 카시마가 오자 매우 기뻐했다.

"앗, 사……이 아니라 순록 씨, 와주셨군요!"

"블렌드 커피 한 잔 부탁드립니다."

"알겠습니다. 바로 준비해 드리겠습니다."

창가 자리에 앉아, 곧장 노트북을 펼치는 카시마.

그러자 카페 주인이 카운터에서 말을 걸어왔다.

"아, 그런데 어떻게 하시겠어요? 블랙아이보리, 구입하시겠습니까?"

"안 삽니다."

"아 ——…… 아하하, 하긴. 아무래도 그 가격은 좀, 그렇죠?"

물론 그것도 있다.

하지만 카시마에게는 그보다 더 사양하고 싶은 이유가 있었다.

"그거, 코끼리 똥에서 나온 커피라고 하더군요."

"……제가 처음에 설명드리지 않았나요?"

멍한 카페 주인을 본 카시마는 힘이 쭉 빠지는 것 같았다.

그날 밤 아지트로 돌아가 블랙아이보리에 대해 알아본 카시마는 생각했다.

그분께 추천해 드리려는 마음은 접어야겠다……고.

"웬일로 멍하니 계시네요."

카페 주인의 목소리에, 카시마는 퍼뜩 정신이 들었다.

처음 이 카페를 찾았던 그날의 기억에서 현실로 돌아온 순간이었다.

시계를 보니 10분쯤 지나있었다.

——아차. 추억에 잠겨있을 때가 아닙니다.

카시마는 이번에야말로 딴짓은 금물이라 다짐하며 작업에 몰두했다.

합격과 불합격으로 구분한 이력서 데이터를 확인하며, 하나하나 메일을 보냈다.

참고로 최근 뒷세계 알바 전문 사이트에 올린 알바생 모집 광고는, 우다에게 상담해서 올렸다.

덕분에 제법 멀쩡한 응모자가 늘어 카시마는 안도했다.

── 처음부터 그에게 상담할 걸 그랬습니다…….

다음 면접에서는 제법 기대할 만한 인재가 모일 듯했다.

카시마는 저도 모르게 신나서 키보드를 두드렸고 ── 그날 작업을 차례차례 소화해 갔다.

"그럼 오늘은 이만."

"하루 종일 고생하셨습니다!"

카페 주인의 쾌활한 인사를 뒤로하며 가게를 나왔다.

── 서둘러 돌아가도록 할까요.

그렇게 생각하는데, 가쿠에게서 메시지가 왔다.

가쿠　　　"오늘 그 카페임? 커피 한 잔 사다 줘"

카시마　　"보스는 뭐 하고 계십니까?"

가쿠　　　"와 읽씹? 아직 안 들어왔어"

카시마　　"그렇군요 알겠습니다"

가쿠　　　"읽씹 맞네"

그에 대한 답은 하지 않고, 아지트를 향해 걷기 시작했다.

가쿠에게 줄 커피는 편의점에서 사 가면 되겠다고 생각했다.

그 후에도 카시마의 '겨우살이' 통근은 계속됐다.

일주일에 한 번 아니면 두 번. 짧을 때는 두세 시간, 길 때는 반나절 정도 머물렀다.

그런 카시마가 가쿠에게는 부지런히 다니는 것처럼 보이는 모양이었다.

카시마는 몇 번 질문을 받았다.

"그렇게 괜찮은 가게야?"

그럴 때마다 카시마는 이렇게 대답했다.

"적어도 일을 방해받는 일은 없지요."

"흐~음, 잘됐네. 근데 배 안 고파? 나 전골 땡기는데."

"……이래서랍니다, 가쿠 씨."

업무처리에 집중하고 싶을 때는 '겨우살이'가 최고다.

카시마는 그렇게 생각하게 됐다.

그러던 어느 날의 일이었다.

점심 너머에 만난 면접자들은 대박 행진이었다.

──오니가하라 씨도 그렇고, 타카미도 씨도 그렇고, 이쪽 인간은 아니지만 나름 쓸 만한 장기 말이 될 것 같군요. 무엇보다 외모와 달리 충성심이 있어 보이는 점이 좋아요.

카시마는 오랜만의 수확에, 살짝 들뜬 발걸음으로 '겨우살이'로

향했다.

——오늘은 호리구치에게서 실험 성과 보고가 들어올 예정이니…… 메일을 확인하고, 다음 지시를 내리고, 과학병기 개발에 더욱 도움이 될 법한 실험실 정보라도 모아야겠어요.

머릿속에서 업무 순서를 짜며 의기양양하게 가게 문을 열었다.

하지만 카시마는 발을 들이자마자, 순록 탈 안에서 얼굴을 구겼다.

가게 내에서 날 리 없는 담배 냄새가 났기 때문이었다.

——이곳은 금연일 텐데요…….

뭐라 할 수 없는 안 좋은 예감이 든다.

가게 안에 다른 손님은 없다. 대신, 가게 안쪽에서 카페 주인이 웅크리고 있었다.

"……무슨 일입니까?"

"네? 아……."

카페 주인은 등을 굽혀 무언가를 주워 모으고 있었다.

"아, 어, 어서 오세요! 저…… 일단 앉으시죠! 거의 다 치웠습니다."

뒤돌아본 카페 주인의 상태는 누가 봐도 이상했다.

자세히 보니 바닥에는 깨진 컵의 파편이 흩어져있었다.

“죄송합니다. 제가 실수를 해서······.”

그렇게 말하는 카페 주인의 등이 자잘하게 떨리고 있었다.

단순히 떨어뜨려서 깨졌다거나 카페 주인의 실수로 떨어뜨린 게 아님이 빤히 보였다.

“누가 있었던 모양이군요. 상당히 질이 안 좋은 분으로 추정되네요.”

“······아뇨, 그런 건 아닙니다.”

“어디 사는 누굽니까? 이 가게에 그런 짓을 한 건.”

저도 모르게 카시마의 목소리에는 노기가 서렸다.

“아니, 정말로 아무것도 아닙니다.”

“아무것도 아니긴요. 상대가 누군지 알면 저희가 ──.”

그렇게 말하다가 카시마는 입을 다물었다.

── 내가 무슨 말을 하려 한 거죠.

확실히 이 가게는 마음에 든다.

카페 주인도, 이 마을 주민들도, 카시마에게는 보호받아야 할 약자임에 변함이 없다.

그렇다고 조직이 큰 계획을 향해 준비를 진행하고 있는 이때, 쓸데없는 일에 마음을 뺏길 여유는 없었다.

── 하지만 만약 이 가게가 불합리하게 빼앗긴다면······.

카시마는 몹시 불쾌한 기분에 휩싸였다. 갑갑하고 짜증이 났다. 그 짜증을 카시마는 저도 모르게 카페 주인에게 터뜨렸다.

"방법이 있을 수도 있음에도 아무런 대책을 강구하지 않는 것은 어리석은 자들이나 하는 짓입니다."

"네……? 뭡니까, 갑자기?"

"자세한 사정은 모르지만, 이런 시답잖은 짓을 하는 것들은 동네 양아치나 야쿠자 아니겠습니까? 이 근처는 오래된 가게들이 즐비하니까요. 이 일대의 땅을 사들여 건물을 세우려는 건설회사 —— 같은 게 있어도 이상하지 않아요. 그렇다면 투기꾼 측에서 보낸 용역이 와서 행패를 부리고 간 것 아니겠습니까."

"오옷. 굉장한 추리력! 대단하시네요."

"감탄하고 있을 때입니까?"

평소와 다르지 않은 카페 주인의 태평한 목소리에 카시마의 짜증이 증폭된다.

"언제부터입니까? 이런 행패를 당한 게."

적어도 카시마가 방문했을 때에는 없었다.

"물려받으시고 나서입니까?"

"그건 아닙니다."

"설마 할아버지께서 운영하실 때부터, 라고 말씀하실 건 아니겠죠……?”

“……그게, 하하.”

 ──그렇게 오래전부터 이랬었다고?

어이가 없어서 말문이 막힌다는 건 바로 이런 때 하는 말이라며 …… 카시마는 한숨을 쉬었다.

“어쩔 수 없어요. 할아버지께서 필사적으로 유지하셨던 가게를 무너뜨리고 싶지 않거든요.”

“그게 아니라…… 어떻게 지금까지 방치할 수 있었는지를…….”

“할아버지도 그러셨고, 다른 가게 사람들도 그렇게 참아왔어요.”

“어리석은 것도 정도가 있죠.”

“하지만 이렇게 의연한 자세로 대화를 나누다 보면 ──”

“대화가 통하리라 꿈을 꾸는 것도 나쁘지 않겠죠~~~.”

카페 주인은 입을 다물었고, 카시마는 그대로 발길을 돌려 가게 밖으로 나왔다.

아니나 다를까, 약간 조사해 본 것만으로 그 일대를 노리는 야쿠자와 그 야쿠자가 내세운 기업 짓임이 드러났다.

 ──난 뭘 하고 있는 거지. 이런 걸 알아봐봤자 아무 도움이 안 되는데.

아지트로 돌아간 다음에도 카시마의 알 수 없는 짜증은 사라지지 않았다.

가쿠조차 말 걸기를 주저할 정도였다.

──도와주고 싶다……는 이런 개인적인 감정은 지금 내게 불필요한 것.

그분께 받은 임무를 수행하는 것만 생각하자.

카시마는 그렇게 다시금 마음속으로 맹세하며 노트북을 덮었다.

그때 문자가 왔다.

밖에 나간 ×(슬러)에게서다.

새로운 임무 혹은 급한 일인가 싶어, 카시마는 부리나케 휴대폰을 확인했다.

×(슬러)　　"부탁해 카시마"

그 한 마디와 함께 데이터가 첨부돼 있었다.

바로 확인한 카시마는 작게 몸을 떨었다.

"이거…… 새로운 자금을 조달할 필요가 있겠군요."

이후의 계획 일부가 적힌 데이터를 보며 카시마는 생각했다.

──나는 참 운이 좋아요. 마침 털 수 있는 회사에 대한 정보

가 바로 여기 있으니까요.

덮었던 노트북을 다시 펼치고, 재차 조사를 시작하는 카시마.

조금 전까지의 짜증스러웠던 마음은 사라져 있었다.

보름 후, 카시마는 오랜만에 '겨우살이'를 찾았다.

카페 주인은 조금 놀란 모양이었지만, 바로 반가움을 표했다.

"오늘도 블렌드 커피신가요?"

"네, 그렇게 부탁드리겠습니다."

최소한의 답변을 하고 바로 노트북을 펼치는 카시마.

오늘도 해야 할 서류 업무가 잔뜩 있다. 모조리 처리할 생각으로 카시마는 이곳을 찾았다.

그런데 바로 딸랑딸랑, 도어벨 소리가 들리며,

"주인장~ 이사 준비는 잘 돼 가?"

낄낄거리는 저열한 웃음을 곁들이며, 딱 봐도 질이 안 좋아 보이는 남자들이 들어왔다.

──아하, 그렇군요. 이들이 그 무뢰배겠군요. 설마 오늘 여기 올 줄이야.

그렇게 생각하며 모르는 척 일을 계속하는 카시마.

카페 주인이 서둘러 카운터 안쪽에서 튀어나오는 기척이 느껴졌다.

"몇 번을 말씀드립니까. 이곳을 떠날 생각은 없습니다."

"아앙? 이 자식이……. 작작 까불어, 피 보기 싫으면."

"폭력은 삼가시죠. 다른 손님들께 폐가 됩니다."

"손님? 그딴 게 어디…… 우어억?!"

뒤돌아본 남자가 얼빠진 소리를 냈다.

"뭐야, 넌?!"

——시끄럽군요.

카시마가 고개를 들자, 남자는 눈을 끔뻑였다.

"뭐야, 저건…… 사슴?"

"뭔 코스프레래?"

"계속 보니 소름 끼치는데."

"저 사슴 머리, 진짜일까?"

속닥거리는 남자들.

카시마는 크게 한숨을 쉬고 이렇게 말했다.

"사슴이 아니고, 순록입니다만."

그 한 마디에 이번에는 남자들의 눈이 전부 동그래졌다.

그리고.

"푸핫! 크하하하하! 뭐야, 그게! 산타 할아버지 비서라도 되냐?"

"순록입니다만? 너 바보지?"

"변태 순록남, 여기 등장! 뭐 그런 거냐?"

폭소하는 남자들.

카시마는 침묵을 지켰다.

가만히 참고 있었……던 건 아니고, 한심해서 대꾸할 가치를 못 느꼈다.

곧 남자들의 태도가 일변했다.

"어이, 순록. 쌩까냐?"

"얼른 꺼지기나 해. 지금 중요한 얘기 중인 거 안 보여?"

"……저도 중요한 일을 하고 있어서요."

"아앙?"

"보다시피 업무 중입니다. 방해하면 죽일 겁니다."

남자들의 얼굴이 점점 더 험악해진다.

그중 한 명이 테이블에 있던 유리컵을 쥐고 그 내용물을 노트북에 끼얹었다.

"이제 할 일이 없어졌네."

가게 안에 침묵이 내려앉았다.

남자들은 시종일관 카시마를 노려보고 있었다.

카페 주인의 얼굴은 새파랗게 질려있었다.

그리고 카시마는 ——

크크크크
꿀꺽
!!

“나를 방해한다는 것은 곧 그분을 방해한다는 것. 도저히 용서할 수 없군요~~.”

카시마가 슥 하고 일어났다. 그 압박감에 남자들이 겁을 먹었지만.

“닥쳐! 에잇! 해치워버려!”

일제히 카시마에게 덤벼들었다.

그 직후, 커피전문점 ‘겨우살이’에 카시마……가 아닌 남자들의 비명이 울려 퍼졌다.

“나 참……. 생각지 않게 시간을 낭비했군요.”

양아치들을 소탕하고 한 데 묶어버린 카시마.

카페 주인은 믿을 수 없다는 얼굴로 그 광경을 바라보고 있었다.

“그럼 —— 저는 급한 용건이 생겨서 이만 가보겠습니다.”

“네? 그럼 저 사람들은……!”

“……아, 걱정하지 마세요. 당신이 걱정할 만한 일은 생기지 않을 겁니다.”

카시마가 꼬치처럼 줄줄이 꿴 남자들을 질질 끌며 가게를 나섰다.

“잠시만요!”

“네?”

뒤를 돌아보자, 카페 주인의 손에는 종이봉투가 들려있었다.

"이거…… 오늘 감사의 의미로……. 블랙아이보리 원두……."

"……괜찮습니다. 제가 하고 싶어서 한 일이니까요."

"그래도!"

"아니, 정말로요. 그럼 저는 급해서 이만."

카시마는 그렇게 말하고 걸음을 서둘렀다.

한창 걷고 있는데, 가쿠에게서 전화가 걸려 왔다.

"네, 여보세요. 무슨 일입니까?"

전화 너머는 비명소리로 시끄러웠다.

가쿠가 휘두르는 연육 망치의 희생물이 된 야쿠자들의 소리일 것이다.

"순조로운 모양이군요……. 네, 협력해 줘서 감사합니다. 네? 뭐라고요?"

몇 번을 되묻는 카시마.

도와준 대가로 커피를 사달란 말을 간신히 주워들었다.

"아무튼 저도 생각지 못한 쓰레기를 주워서요, 그쪽으로 버리러 가겠습니다."

그렇게 말하고 카시마는 전화를 끊었다.

　——역시 아까 그 블랙아이보리를 받아둘 걸 그랬나요. 그나저나…… 무겁군요, 이 인간들. 이런 힘쓰는 일은 다른 자들에게 맡기고 싶은데 말이죠.

　보름 전에 면접을 본 우락부락한 두 남자를 떠올리며, 카시마는 고용계약 체결을 서둘러야겠다고 생각했다.

　그 후, 어떤 야쿠자 조직이 사람들 모르게 해체됐고, 그들이 운영하던 기업이 마을에서 사라졌다.

　도산한 것도 아니고, 어느 날 훅 ——하고 홀연히. 폐업한 회사의 금고에서 엄청난 금액의 자금이 사라졌다는 풍문도 있었다.

　그 시각, 이후의 계획을 위해 필요한 자금을 조달하는 데 성공한 카시마는 ‘고마워, 카시마’ 라는 ×(슬러)의 한 마디에 날아갈 듯 기뻐했다.

　그러고 나서 커피전문점 ‘겨우살이’ 에서는……

　“아, 어서 오세요!”

　“여어. 요새 장사는 잘되나? 아니, 여전히 텅텅 비어 있잖아. 그 깡패들도 사라졌는데 이래서는…… 우왓?!”

　창가에 앉아 있는 사슴 ——이 아니라 순록을 보고 놀라는 아

저씨.

카시마는 여전히 가끔 카페를 찾았다.

"뭐야, 오늘은 오신 날이냐? 그럼 다음에 올게."

"저기, 늘 말씀드리지만 피하실 필요는……."

"멍청아. 이 마을의 수호신이라고. 피하는 게 아냐, 기리는 거지."

그렇게 말하며, 아저씨는 카시마에게 조용히 합장하고 가게를 나갔다.

문이 닫히고, 조금 후에 카시마는 카페 주인에게 물었다.

"……저분, 저에게 합장한 것처럼 보였는데요?"

"그렇죠. 순록 씨는 이 마을의 수호신이시니까요."

——허어, 그게 무슨 소리인지 하나도 모르겠군요.

카시마는 지금도 몰랐다.

창가에 앉아 있는 '신의 사자'—— 를 넘어, 이제는 마을의 수호신으로 불리는 것을.

가게뿐 아니라 마을에서 야쿠자를 몰아내 인간들을 구해준 신.

물론 그랬다는 자각도, 그럴 생각도 카시마에게는 없다.

아무튼 —— 카시마는 오늘도 커피전문점 '겨우살이' 창가에서 업무를 보고 있다.

하나의 따사로운 데이즈

SAKAMOTO DAYS

교실 안은 평소보다 시끌시끌했다.

자리에 앉은 아이들이 힐끔힐끔 뒤를 돌아봤다.

모두들 눈이 반짝거렸다.

사카모토 하나 역시 그 중 한 명이었다.

뒤편, 딱 한가운데 서 있는 두 사람을 본 하나의 눈이 동그래졌다.

아오이는 생글생글 햇님처럼 미소 짓고 있었다.

그 옆에 선 건 바로 사카모토 타로. 푸근한 턱살과 팽팽한 뱃살이 마치 곰 같다.

하나에게는 그 무엇보다 소중한, 사랑하는 엄마와 아빠였다.

"자, 모두 앞을 보세요."

담임 선생님 말에 모두가 '네~' 하고 씩씩하게 대답한다.

참관수업은 실로 평온한 분위기 속에서 시작되었다.

"오늘 수업은 글짓기 발표예요. 모두 열심히 써왔죠?"

"네~~~!"

또다시 씩씩한 대답이 교실을 가득 채운다.

아이들은 자신이 불릴지도 모른다는 기대심과 긴장감에 뺨이 빨갛게 달아올라 있었다.

하나는 어떨까.

"그럼……"

반 친구들을 둘러보는 선생님의 시선에 집중하는 하나. 그 표정은 진지함 그 자체였다.

"오늘은 23일이니까 두 번째 열 앞에서 세 번째 자리인……하나!"

——됐다!

하나의 얼굴이 환하게 밝아졌다. 발표를 할 수 있어 좋아 어쩔 줄 모르는 얼굴이다.

왜냐면 반 친구들이 알아줬으면 좋겠으니까.

자랑스럽고 좋아해 마지않는 가족의 일상을. 하나 가족의 당연한 매일을.

'네!' 하고 기운 좋게 일어나서, 다시 한번 힐끔 뒤를 돌아보는 하나.

반짝거리는 눈에 비친 건 당연히 엄마, 아빠였다.

두 사람은 하나만큼이나 행복해 보였다.

하나는 칠판 쪽으로 고개를 돌리고 크게 심호흡했다.

그리고 400자 원고지를 쭉 펴들고 <하나의 가족!>이라고 제목을 읽었다.

애들아, 들어줘, 들어줘!

그렇게 말하고 싶은 듯한 하나의 발표가 시작되었다.

"하~나, 이제 일어나자~."

아오이의 다정한 목소리가 들려온다.

하나는 아직 이불 안이었고 잠이 덜 깬 상태였다.

"좀만…… 별사탕이 내렸으니까……."

쿠르르릉 하는 천둥소리가 들린 후, 온 마을이 무지갯빛 별사탕으로 채워졌다 ── 는 꿈을 꾸는 하나.

1층에서 셔터를 올리는 소리가 들려왔기 때문일지도 모른다.

매일 아침 제일 먼저 일어나는 사카모토가 가게를 열 준비를 하고 있는 것이다.

흠냐 흠냐 흐물거리며 잠꼬대를 하는 하나에게 아오이가 다시 한번 재촉했다.

"하~나, 안 일어나면 밥 못 먹고 가야 할지도 몰라~."

──…………밥!

하나가 눈을 번쩍 떴다.

그리고 크게 하품을 하고……

"엄마, 오늘 아침은 뭐─야─?"

"연어랑 달달한 계란말이랑 어제 남은 조림이랑…… 그리고 오이절임이야~!"

한 손에 국자를 든 아오이가, 침실 쪽으로 빼꼼 얼굴을 비췄다.

그 순간 훅 퍼지는 맛있는 된장국 냄새. 하나의 배에서는 자동으로 꼬르륵 소리가 났다.

"얼굴 씻고, 양치하고, 그리고 밥 먹자."

"네~에!"

이불을 젖히고 폴짝 일어난 하나는 바로 화장실로 달려갔다.

"차가워—!"

얼굴에 물을 찰팍찰팍, 이를 치카치카.

그리고는 다시 한번 침실로 가서, 아오이가 꺼내놓은 옷으로 갈아입었다.

여기까지 전부 혼자 할 수 있다는 게 하나의 은밀한 자랑이었다.

얼마 전까지 아오이의 도움을 받았던 하나였다. 왠지 조금 언니가 된 기분이었다.

"엄마, 다 했어—."

식탁 앞에 앉아 TV를 보니, 한쪽에 표기된 시각은 7시 20분.

밥 먹을 시간이다.

식탁에는 3인분의 아침 식사가 차려져 있었다.

무가 들어간 된장국에, 갓 지어진 밥에, 여러 개의 반찬까지 보자 더더욱 배가 고파왔다.

——맛있겠다~!

눈을 감고 짝 하고 두 손을 모으고 말했다.

"잘 먹겠습니다!"

그러자 어디선지 모르게 쌩 하고 바람이 불어왔다.

눈을 뜨자⋯⋯

"잘 잤니, 하나?"

"아빠! 안녕히 주무셨어요!"

방금 전까지 아무도 없었던 의자에 사카모토가 앉아있었다.

어딘지 모르게 기분 좋은 얼굴이다.

가게를 오픈한 다음 사카모토는 아오이가 만든 아침을 먹으러 반드시 다시 집에 왔다.

하나에게 아침 식사 시간은 사랑하는 아빠랑 같이 밥을 먹을 수 있는 소중한 시간이기도 했다.

참고로 이때는 사카모토 대신 신이 가게를 본다.

"당신, 이따가 신한테 이것 좀 갖다 줘."

"와~ 달걀샌드위치다~! 맛있겠다!"

하나가 들떠서 애기하는 옆에서 사카모토가 안경 너머로 조금 어두워진 게 보였다.

"……신에게 주기엔 아까워."

"안 돼. 신은 맨날 간단한 것만 먹잖아. 가끔은 영양가 있는 걸 먹어줘야 해."

거의 매일 출근하는 신은 이제 가족이라도 해도 좋을 존재.

하나에게는 다정한 오빠 같은 존재였다.

그래서 하나는 '하나가 갖다 줄래!' 라며 손을 번쩍 들었다.

그렇게 하지 않으면 어느샌가 사카모토의 통통한 뱃속으로 사라져 있었다……는 결과를 맞을 수 있다.

——아빠는 엄마가 만든 요리를 좋아하지만, 신 오빠도 먹어줬으면 하니까!

그렇게 생각하는 하나였지만, 왠지 쭈그러져 있는 사카모토를 보자 저도 모르게,

"아빠가 먹을 샌드위치는 없어?"

라고 아오이에게 물었다.

하나의 말에 사카모토도 기대하는 눈빛을 보였으나, 아오이의 대답은 단호했다.

"안 돼. 요새 아빠 배가 더 커졌거든."

하나는 사카모토의 동그랗고 폭신한 배를 좋아했지만, 아오이 말에 따르면 '건강에 좋지 않다'고 한다.

이러는 사이 시간은 벌써 7시 55분.

이제 슬슬 하나가 등교할 시간이다.

미지근해진 된장국을 단숨에 들이켠 후, 서둘러 가방을 멘 하나는 현관을 향해 달려갔다.

"다녀오겠습니다—!"

"하나! 신한테 줄 샌드위치!"

——맞다!

끼긱 하고 발을 멈추고 아오이에게로 달려가는 하나.

샌드위치를 담은 슈가 도시락 주머니를 들고 현관문을 열자 사카모토가 기다리고 있었다.

손에 든 슈가랑 사카모토를 나란히 본 하나의 얼굴에 미소가 한가득 피었다.

강하고 뚱뚱한 토끼라는 조금 특이한 마스코트 캐릭터인 슈가가 왠지 모르게 사카모토와 닮은 것 같은 느낌이 들었다.

하나는 사카모토도, 슈가도 매우 좋아했다.

그렇게 좋아해 마지않는 사카모토와 아주 잠깐이지만 같이 계단을 내려갈 수 있는 이 시간도 하나가 좋아하는 시간이었다.

1층에서는 신이 오픈한 가게 입구를 청소하고 있었다.

"신 오빠, 안녕—! 이거 엄마가 전해주래!"

팽팽하게 부풀어있는 도시락 주머니를 휙 던지자, 신이 '내 샌드위치!' 하며 서둘러 잡았다.

역시 신. 하나가 머릿속으로 샌드위치를 떠올리는 걸 읽어낸 모양이다.

"달걀샌드위치야! 엄청 맛있어 보였어!"

"진짜? 고마워—!"

신이 웃으며 손을 흔든다. 하나도 손을 흔들고 발길을 돌렸다.

그 직후 '으억!' 하는 비명소리가 들렸다.

뒤를 돌자,

"잠깐만요! 왜 상상으로 죽이시는 건데요?"

신이 두 손으로 목을 감싼 채 울상을 짓고 있었다. 그 시선이 향한 곳은 당연히 사카모토다.

아마도 사카모토가 머릿속으로 신을 어떻게 한 것일 거다.

하나는 그런 두 사람의, 다른 사람들은 알 수 없는 쿵짝이 좋았다. 좋아하지만 살짝 부러운 마음도 갖고 있었다.

왜냐하면 말수가 적은 사카모토의 머릿속을 신은 볼 수 있으

니까.

──하나도 초능력자가 되고 싶어.

그럼 분명 지금보다 더 재밌을 텐데.

그런 생각을 하고 있는데, 어디선가 남자아이 목소리가 들려왔다.

"점장 아저씨, 이거 봐봐~. 고무줄로 총을 만들었어~. 총싸움하자~."

나무젓가락으로 만든 총을 신나게 휘두르며, 동네 남자아이가 대로변을 건너오고 있었다.

그때 한 대의 차가……!

"야, 위험해!"

신이 소리쳤지만 남자아이는 전혀 들리지 않는 듯, 차도를 가로지르는 발걸음을 멈추지 않았다.

차량 운전자는 아이를 보고 브레이크를 밟는 것 같았지만, 바로 멈추지는 못하는 듯했다. 당황한 운전자의 얼굴이 하나에게도 보였다.

──부딪히겠어!

그렇게 생각한 순간, 갑자기 눈앞에 나타난 건 푸르르르 배가 흔들리는 실루엣이었다.

그런데 그다음 순간에는 이미 사라져 있었는데 ——?

"흐어어어엉……. 진짜 놀랐어어어!"

남자아이의 우는 소리가, 차도가 아닌 사카모토 상점 앞에서 들려왔다.

고개를 돌리자, 콧물을 흘리며 우는 남자아이를 땅에 내려놓은 사카모토가 후우 하고 한숨을 내쉬고 있었다.

—— 아까 그건 아빠였구나~! 역시 우리 아빠!

위기상황이 있을 때마다 바람처럼 나타나 구해주는, 강하고 뚱뚱한 저 모습.

역시 좋아해 마지않는 슈가 같다.

그렇게 시종일관 보고 있던 하나에게 사카모토가 말했다.

"하나. 학교, 조심해서 다녀와."

"응!"

이번에야말로 학교를 향해 걸음을 디디는 하나.

참고로 뒤에서는 남자아이를 칠 뻔한 차량 운전자가 넋을 잃고 있었다.

1, 2교시가 눈 깜짝할 사이에 지나고 쉬는 시간.

그때 하나는 중요한 사실을 깨달았다.

다음 시간에 입어야 할 체육복이 없잖아!

“하나, 체육복 안 갖고 왔어?”

걱정해주는 친구 목소리에 하나의 눈동자에 눈물이 그렁그렁 맺힌다.

“어떡하지~~?”

오늘 체육 시간에 배울 뜀틀을 엄청 엄청 기대하고 있었는데, 울고 싶은 하나였다.

그런데 멀리서 상당히 기묘한 소리가 들려왔다.

두두두두두두 ──하고, 마치 땅 울림 같은 소리가.

반 친구들도 ‘뭐야, 뭐야~?’, ‘밖에서 난 소리야~?’ 하며 두리번거리고 있다.

체육복 일은 잊었는지 눈물이 쏙 들어간 하나 역시 친구들과 함께 창가로 달려갔다. 밖에는 모래먼지를 일으키며 점점 학교로 달려오는 무언가가 보였다.

하나는 바로 알아봤다.

──아빠다!

차를 추월하고, 지붕을 뛰어넘어 달려온 건 ── 자전거를 탄 사카모토였다.

저렇게 빨리, 심지어 뒤에 신까지 태우고 자전거를 몰 수 있는 건 전 세계에서 슈가랑 자랑스러운 아빠밖에 없을 게 분명하다.

기뻐진 하나는 바로 아빠를 불렀다.

"아빠~!"

"놓고 간 것, 갖고 왔다."

"고마워, 아빠—! 다음 시간이 체육이야—."

"아슬아슬했지만 늦지 않아 다행이네요, 사카모토 씨."

하나가 체육복이 든 주머니를 받자, 두 사람은 다시 엄청난 속도로 돌아갔다…….

"아빠가 체육복 갖다 줬어!"

돌아보자 반 친구들이 입을 떡 하고 벌리고 있었다.

"아니, 방금 뭐였어?!"

"하나네 아빠, 꼭 히어로 같아!"

"엄청 빨라! 저 자전거, 비밀결사대의 도구 아닐까?!"

확 달아오른 반 애들 앞에서 코가 으쓱해지는 하나.

하지만.

"아빠는 사카모토 상점의 점장이야! 자전거를 엄청 빨리 몰고, 엄청 세! 근데 규정 속도는 꼭 지켜!"

순간 교실이 조용해졌다가, 빵 하고 웃음이 터졌다.

"말도 안 돼!! 저게 보통 자전거일 리 없잖아!"

저게 평소의 사카모토고, 자전거도 아주 평범한 자전거인데

아무도 믿어주지 않았다.

　결국 '하나네 아빠는 영화 스턴트맨이고, 아까 그건 영화 촬영이었대!' 라는, 하나가 듣기에는 말도 안 되는 결론이 내려지곤 했다.

　체육시간이 끝났고, 배가 고팠지만 4교시까지 어떻게 버텼다. 그리고 다가온 건 —— 기다리고 기다리던 급식시간.

　오늘의 메뉴는 튀김 빵과 크림그라탱, 샐러드와 우유였다.

　같은 반 친구들과 책상을 붙이고 앉아 먹길 기다리는 하나는 생글생글 웃으며 생각했다.

　이 시간이 되면 하나는 꼭 '이제 루 언니도 왔겠지—?' 하는 생각을 한다.

　사실은 루도 아침부터 출근해야 하는데, 매번 늦잠을 자느라 낮이 되어야 온다고 신이 화내며 툴툴거리는 소리를 들은 적이 있다.

　루는 정말이지 전혀, 조금도 신경 쓰지 않는 듯했지만.

　——오늘 만두는 어떤 만두일까~?

　급식을 먹으면서, 나중에 간식으로 먹을 만두를 생각하며 하나는 '후후훗' 웃었다.

루가 만드는 만두는 아오이가 만든 요리 다음으로 좋아하는 음식이었다.

"하나, 왜 웃어?"

옆자리에 앉은 친구가 어리둥절한 표정으로 보고 있었다.

"그건 있지, 루 언니가 만들 만두가 기대돼서!"

"루 언니?"

"하나의 언니야!"

신과 마찬가지로 루도 가족이나 다름없었다. 그래서 하나는 그렇게 대답했다.

"어떤 언니야―?"

"음― 엄청 센데, 술을 마시면 더 세진대! 그리고 만두를 잘 만들어! 가끔 이상한 것도 만들지만!"

"이상한 거라면 어떤 거?"

"먹은 손님이 맵다며 불을 내뿜었어!"

"뭐~?"

말도 안 되게 매운 만두를 만들고, 그걸 손님에게 판 루.

너무 매운 나머지, 만두를 먹은 손님의 얼굴이 시뻘게지면서 입으로 불을 내뿜은 적이 있다. 드래곤 같았고 멋있었다고 친구에게 말했지만, 역시 친구들은 못 믿는 눈치였다.

"홋, 여전히 익센트릭한 걸이야! 그래서 또 큐트해!"

그렇게 말하며 어디선가 튤립을 꺼내 내민 건, 전부터 친한(?) 듯 구는 남자아이였다.

입학식 때 가방에 대해 칭찬을 하고 난 뒤부터 줄곧 말을 걸어온다.

1학년 중에서 제일 잘 차려입고 다니는 조숙한 그 아이는, 일이 있을 때마다 한 송이 꽃을 선물로 줬다.

집에서 그 얘기를 하자마자 사카모토가 총을 손질하기 시작해서 신기했던 기억이 난다.

그러는 사카모토를 아오이가 곤란하다는 얼굴로 보고 있어서, 하나는 비밀로 할 걸 그랬나, 하는 생각도 했다.

결국에는 매번 전부 다 얘기해버리는 하나였지만 말이다.

그건 그렇고 루의 만두 얘기로 돌아가서.

——사실인데~.

약간 서운한 마음이 드는 하나였다.

어떡하면 친구들이 가족들의 '평소 모습'을 믿어줄까.

급식을 먹은 다음, 하나는 그 생각에 잠겨있었다.

방과 후.

친구들에게 인사를 하고 가방을 등에 멘 하나는 바로 학교를 나섰다.

친구랑 같이 집에 가거나, 학교 운동장에서 놀다 갈 때도 있었지만 오늘은 아니다. 빨리 집에 가서 국어 숙제를 하고 싶었기 때문이었다.

물론 루의 수제 만두도 먹어야 했고 신과도 놀고 싶었다.

그리고 하나가 몰래 기대하고 있는 '그것'이 슬슬 올 때가 되기도 했다.

——오늘은 어떨까~?

룰루랄라 경쾌한 발걸음으로 집에 가는 하나.

가게가 보이는 위치에서 하나는 발걸음을 멈췄다가 살금살금 다가갔다.

바로 가게 안으로 들어가지 않고 살며시 지켜보고 있자,

"죽어라아아아아! 사카모토오오오오오!"

검고 큰 총을 든, 검은 옷차림인 거구의 남자가 소리치고 있었다.

——역시 있어!

예상대로 오늘은 오는 날인 모양이다.

누가? 물론 사카모토의 목숨을 노리는 '악당'이.

얼마 전에 봤던 액션극처럼 수많은 '악당'이 사카모토를 노리

고 있다 ──는 것을 하나도 어렴풋이 알고 있었다.

하지만 걱정하진 않는다.

지금까지 단 한 번도 사카모토가 '악당'에게 지는 걸 하나는 본 적이 없다.

가게 안에서는 거구의 남자가 총에서 불꽃과 함께 무언가를 발사했다.

그러자 유리 너머는 연기로 뿌예졌다.

──이~잉, 안 보이잖아~!

그랬는데 곧바로 연기가 사라져간다.

가게 안쪽에서 사카모토가 후욱후욱 격하게 숨을 내쉬고 있었다.

"빌어먹을! 숨으로?!"

놀라는 '악당'에게 사카모토가 연속으로 사탕을 내뿜었다.

그게 '악당'의 이마를 거세게 강타했고, '악당'의 눈이 뒤집히고 쓰러진 틈에 신이 박스테이프로 둘둘 말기 공격을 시전하고 있었다.

하나의 눈에는 순식간에 벌어진 일이었지만, 가슴설레기에는 충분한 순식간이었다.

'악당'이 휙 하고 밖으로 내던져지는 것까지 본 다음에야 하나는 만족스러운 얼굴로 '다녀왔습니다!'를 외치며 귀가를 알렸다.

가게 안은 아직 조금 연기가 남아있었고, 문구 코너는 엉망이었다.

빨리 정리하지 않으면 아오이에게 혼날지도 모른다.

하지만 전혀 걱정할 필요 없다.

"하나도 도울게!"

하나가 굴러다니는 지우개를 줍는 사이, 사카모토가 눈으로 포착할 수 없는 속도로 흐트러진 상품을 눈 깜짝할 새에 원상 복귀했다.

"어서 와, 하나!"

그때 등장한 건, 갓 쪄낸 따끈따끈한 만두를 든 루였다.

맛있어 보이는 냄새에 저도 모르게 침을 흘릴 뻔하는 하나.

만두에 낚이듯이 하나는 곧장 루 곁으로 달려갔다.

동시에 딸랑 하며 가게 문이 열리는 소리가 났는데……

아무래도 새로운 손님……이 아니라, 새로운 '악당'의 등장이었다.

나타난 건 거구의 대머리남. 대머리남은 칼을 든 채 소리쳤다.

"어떤 놈이 사카모토냐아아아! 내가 죽여주마아아아아!"

"하아~ 또 예요?"

불만을 토로하는 신 옆에 있는 사카모토 또한 성가신 듯한 표정이었다.

그래서 하나는, 여기서도 도와주기로 했다.

"있잖아, 루 언니. 그거 해도 돼~?"

카운터 옆에 위치한 스티머에 만두를 진열하고 있는 루에게 묻자, 루는 생글생글 웃으며 대답했다.

"어떤 버튼인지 기억해? 힘껏 꾹 누르면 돼!"

그런 연유로, 의자에 올라가 포스기의 특별 버튼을 꾸욱.

"느억?!"

순식간에 천정에서 떨어지는 철 덩어리에 몸이 짓눌린 '악당'은 또다시 싱겁게 가게 밖으로 퇴장당했다.

그런 익숙한 광경을 보며 하나는 생각했다.

――좀 불쌍해.

왜냐면 '악당'들은 매번 무자비하게 당하니까.

하나는 '가게놀이하고 올게―!' 라고 말하고, 반창고를 손에 쥐고 가게 밖으로 뛰어나갔다.

목표물은 다쳐서 퇴장한 '악당'들이다.

구석에 쭈그려져 있는 '악당'들의 어깨를 토닥토닥 해주면, 대

부분 울먹이는 눈으로 하나를 올려다본다.

　그런 '악당'들에게 하나는 '아픈 데에 이거 붙이면 나아—'
하며 반창고를 건네는 것이다.

　"……고마워, 꼬마 아가씨."

　"너희 아빠, 정말 세더라."

　하나는 싱긋 웃으며 말을 이었다.

　"다해서 220엔입니다!"

　"응, 그래. 야무지구나."

　"역시 사카모토의 딸."

　그런 소리를 들으니 더더욱 기분이 좋아졌다.

　——언젠가 하나도 아빠처럼 강해질까-?

　그런 생각을 하는 하나였다.

　"어머~! 어떡해~!"

　해가 기울기 시작할 무렵, 사카모토 상점의 백룸에서 아오이
의 목소리가 울려 퍼졌다.

　카운터 구석에서 숙제를 펼친 채 꾸벅꾸벅 졸던 하나가 깜짝
놀라 눈을 떴다.

　숙제를 해둘 생각이었는데, 조금 전에 루가 만든 만두를 먹었

기 때문인지 하나는 잠에 취해있었다.

신문을 읽던 사카모토, 찬장 정리를 하던 신, 그리고 당당히 졸던 루도 일어나서 무슨 일이냐며 백룸을 들여다봤다.

주뼛거리며 모습을 드러낸 아오이는, 매우 미안해하는 표정으로 이렇게 말했다.

"특가로 나온 가라아게용 고기 사오는 걸 새까맣게 잊고 있었어."

"에엥~? 많이 만들 테니까 같이 먹자고 했으면서…… 기대하고 있었는데~!"

곧바로 루가 반응을 보였고 '내 가라아게~' 하며 세상이 끝난 것 같은 얼굴을 했다.

"너만의 가라아게는 아니잖아."

"역시 아쉽지?"

아오이가 크게 한숨을 쉬자, 조용히 일어서는 사카모토였다.

"시장, 다녀올게."

그 말에 하나는,

"나도, 나도! 하나도 같이 갈래!"

다시 도우미로 나섰다.

그래서 나란히 상점가에 도착한 하나와 사카모토.

오렌지빛으로 물든 상점가를 걸으며, 하나는 가슴이 설레는 걸 느꼈다.

평소라면 벌써 집에 들어갔어야 할 시간. 이런 식으로 저녁 거리를 걷다니 꼭 어른 같잖아.

가게 사람들이 말을 걸어주는 것도 하나는 기꺼웠다.

"이 시간에 웬일로 하나랑 같이 왔네. 만두 좀 먹을래?"

"오늘 저녁 안주로 닭꼬치 좀 가져가."

"전에는 고마웠어. 또 새로운 레시피에 대한 감상 좀 들려줘."

모두가 생글생글 웃으며 말을 걸어온다.

그걸 보며 하나는 새삼 느끼는 것이 있었다. 아빠는 인기인이야! 라고.

마음이 들뜨면서 발걸음까지 같이 들뜬 하나.

그런 하나의 귀에 '위험해!' 하는 소리가……!

——응?

동시에 고개를 든 하나와 사카모토.

두 사람의 시야에 들어온 건, 마침 교체하고 있던 세탁소 간판이었다.

공사하던 아저씨들의 손에서 미끄러져 떨어지는 —— 딱 그

순간을 목격하는 두 사람.

간판 아래로 작은 남자아이와 그 엄마가 걸어가고 있었는데
……?!

앗, 하는 소리를 낼 겨를도 없이, 하나의 옆을 바람이 사악 지
나간다.

그다음 순간, 쿠궁— 하고 간판이 모자를 직격……하지 않고,
사카모토가 멋지게 간판을 잡고 있었다.

——어느새—?!

깜짝 놀라면서도 하나는 생각했다. 역시 아빠는 대단하다고.

상점가는 바로 박수 소리로 가득 찼다.

모자는 상처 하나 입지 않았고, 간판 역시 무사하다.

공사를 하던 아저씨들도 사다리에서 내려와 사카모토에게 연
신 고개를 숙이며 감사를 표했다.

"안 다쳐 다행이야."

그 말만 하고 걷기 시작하는 사카모토에게, 하나는 뭐라 할
수 없이 자랑스러운 감정을 느꼈다.

"아빠, 멋있었어!"

그렇게 말하자 사카모토는 그 커다랗고 두꺼운 손으로 몇 번
이나 머리를 쓰다듬어줬다.

매우 따듯한 이 손을 하나는 정말 좋아했다.

그렇게 목적지인 정육점에 도착한 사카모토와 하나.

가게 아저씨는 이미 간판 소동을 알고 있었다. 그리고는 '에라잇, 그냥 가져가!' 하며 많은 양의 닭고기에 할인권까지 안겨주는 것이었다.

하나는 집에 돌아가는 길에도 사카모토가 마을에서 벌어진 문제들을 해결해가는 걸 보았다.

누가 꽁치를 들고 튀었다며 화내는 생선 가게 아저씨에게 길고양이를 잡아줬고, '소매치기야!' 하는 소리가 들려옴과 동시에 범인을 경찰에게 넘기고 있었다.

길을 잃은 아이를 본 1초 후 엄마를 찾아냈고, 집에 돌아가기를 거부하는 반려견을 회유하는 기술도 일품이었다.

강에 떠내려가는 박스 안에 든 새끼고양이를 구해주고 싶은데 어쩔 줄 몰라 동동거리고 있는 여고생을 발견하고는, 옷에 물 하나 묻히지 않고 고양이를 구해내는 데에 성공했다.

그리고 가다가 굶주린 헤이스케와 피스케 콤비를 주워, 부쩍 어두워진 길을 걸었다.

"와 진짜 고마워—! 벌써 사흘째 아무것도 못 먹었거든"

“삐—!”

뾰족뾰족한 머리카락에 뺨에 동글뱅이가 그려져 있는 헤이스케와 멋진 깃털이 머리에 솟아있는 피스케는 서로에게 둘도 없는 파트너였다. 그래서 늘 같이 이렇게 배를 주리곤 했다.

하나는 그런 둘에게 이렇게 말했다.

“오늘은 엄마가 특제 가라아게랬는데! 잘됐다!”

“너흰 진짜 좋은 사람들이야~.”

“삐—!”

집까지 얼마 남지 않았다.

하나도 배가 고파왔다. 지금부터 저녁이 엄청 기대된다.

배불리 밥을 먹고 나서 이번엔 꼭 국어 숙제를 해야지 하고 하나는 마음먹었다.

그때.

“삐—!”

피스케의 외침과 빠아앙 하는 시끄러운 경적 소리가 동시에 울렸다.

눈앞에 있는 교차로에서 비틀거리며 달리는 트럭이 보였다.

그 뒤에 있던 자동차가 몇 번이나 경적을 울려대고 있었다.

그럴 수밖에 없는 게, 트럭 짐칸에 실린 철골이 흔들리며 지금이라도 당장 떨어질 것 같았기 때문이었다.

바로 얼굴을 마주 보며 고개를 끄덕이는 사카모토와 헤이스케.

뭘 어떡할 생각이지 했는데, 헤이스케가 곧장 라이플을 조준해 트럭 바퀴를 한 발, 두 발 맞췄다.

그럼에도 트럭은 계속 질주했다.

게다가 트럭이 크게 흔들리면서 철골이 더더욱 무너질 것만 같았는데……!

여기서도 하나의 눈에 재빨리 대처하는 사카모토의 모습이 눈에 들어왔다.

느슨해진 와이어에서 튕겨 나올 것 같은 철골을 한 손으로 누르고, 반대편 손으로는 부딪히기 직전이었던 자동차를 막았다. 둘 다 맨손인 점이 대단하다.

그리고 사카모토는 균형을 잃어 무너질 것 같은 트럭을 웃차 하고 세우더니, 빛과 같은 속도로 철골의 와이어를 다시 묶어갔다.

"대박~! 역시 사카모토 타로는 굉장해~!"

"하나도 그렇게 생각해!"

"삐—!"

그렇기 때문에 생각했다.

──이것도 전부 전부, 다 써야 해!

그 후, 사카모토 상점 2층에서 시끌벅적한 저녁 시간을 보냈다.

사카모토 일가에 신과 루, 거기에 헤이스케와 피스케. 여섯 명과 한 마리가 어우러진 식탁이다.

아오이가 만든 가라아게는 순식간에 사라졌고, 다 같이 불룩 튀어나온 배를 두드렸다.

이대로 잠들면 엄청 기분 좋겠지?

그렇지만 하나는 책상 앞에 꼭 앉아야만 했다.

하나는 '좋았어!' 하고 기합을 넣고, 5교시 국어 시간에 받은 원고지를 책상에 펼쳤다.

"숙제니? 뭘 쓰는 거야?"

"있잖아, 선생님이 참관수업용으로 글짓기를 해오랬어! 주제는 가족이야!"

하나에게는 쓰고 싶은 내용이 산더미처럼 있었다.

사랑하는 엄마랑 아빠.

신, 루, 그리고 헤이스케랑 피스케도.

하지만 막상 책상에 앉으니 어떻게 써야 할지 모르겠다.

특히 아빠가 얼마나 대단한지를 전하고 싶은데, 어떻게 쓰면 되는 걸까.

"평소대로, 있는 그대로 쓰면 돼."

"있는 그대로?"

"그럼. 하나가 보는 엄마, 아빠, 신이랑 루, 헤이스케랑 피스케의 모습을 있는 그대로 쓰면 될 거라고 엄마는 생각하는데."

"그렇구나!"

아오이의 말을 들은 하나 안에서 뭔가가 팍 튀는 듯한 느낌이 들었다.

원고지를 글자가 점점 채워갔다.

이것도, 저것도, 하며 적어갔기 때문에 원고지가 부족할 지경이다.

그렇게 9시가 지나자 하나는 눈을 뜰 수도 없게 졸려왔다······.

잠잘 시간이다.

사카모토의 폭신한 살과 아오이의 달콤한 향기로 채워진 큰 이불 안에서, 하나는 눈 깜짝할 새에 꿈나라로 날아갈 뻔했다.

——근데······ 이 시간도 좋아한다고······ 잊지 말고, 내일 써

야 하는데…….

셋이 함께 잠드는 이 시간은 하나에게 가장 행복한 시간일지도 모른다.

이런 매일이 앞으로도 쭉, 계속되기를 바라며 하나는 잠들었다.

"——가족들과 보내는 매일이 하나는 즐겁고, 기쁘고, 행복합니다! 하나는 우리 가족이 정말 좋습니다!"

당당히 원고지를 읽은 하나는, 한껏 자랑스러운 표정이었다.

교실은 조용해졌고, 듣고 있던 학부모와 학생들 모두 멍해졌다.

그리고.

빵, 하고 터지는 웃음.

"말도 안 돼~!"

"하나네 가족, 이상해~!"

"훗. 역시 넌 재밌는 걸이야."

"애들아~ 웃으면 안 되지."

그렇게 말하는 선생님도 복잡해 보이는 얼굴이었다.

하지만 하나는 조금도 신경 쓰지 않았다.

누가 이상하다고 해도, 이것이 하나가 사랑하는 가족이니까.

믿어주지 않는 건 조금 속상했지만, 괜찮다고 생각하는 하나였다.

문득 하나는 교실 뒤쪽을 돌아보았다.

생글생글 웃으며 브이를 하는 아오이 옆에서, 사랑하는 아빠가 동그란 몸을 웅크리며 눈물짓고 있었다.

그런 두 사람을 보며 하나는 다시 활짝 웃었다.

주식회사 사카모토 상사

SAKAMOTO DAYS

도심 일각, 눈에 띄지 않는 곳에 위치한 작은 빌딩.

벽면에는 약간 낡은 간판이 걸려 있다.

'주식회사 사카모토 상사'.

세간에는 알려지지 않았으나, 착실하고 견실하게 실적을 올리고 있는 회사다.

이것은 사카모토 일가가 살고 있는 세계와 비슷하면서도 조금 다른…… 그런 세계의 이야기이다.

3층 영업부는 오늘도 아침부터 정신이 없었다.

주요 원인은 갓 입사한 신입 아사쿠라 신에게 있었다.

신은 정장에 어울리지 않는 금발을 흐트러뜨린 채, 책상 위를 엉망으로 헤집어가며 무언가를 찾고 있었다.

"이상하다—. 분명 여기 뒀는데 왜 안 보이지?"

"뭐 하는 거야~. 이제 시간 다 됐어~."

다크 수트를 깔끔하게, 그러면서 세련되게 입은 나구모가 한 손에는 가방을 든 채 입구에서 하품을 했다.

옆 팀에서는 부스스한 머리의 의욕 없어 보이는 세바 나츠키와,

한겨울도 아닌데 털 달린 모자를 귀까지 덮어쓴 카지 죠이치로가 각각 전화 응대나 외근 준비 등을 하느라 분주했다. 남 말 할 처지는 아니지만, 세바나 카지나 회사원으로 보이지는 않았다.

"나 먼저 내려가 있는다~. 지각했다가 무슨 소리를 들을지 모르니까."

"앗, 잠, 잠깐만 ——."

"싫은걸~."

아하하, 웃으며 나구모가 영업부를 뒤로했다.

빨리 따라가야 한다는 건 알지만 필요한 서류가 보이지 않았다.

—— 어떡하지. 급한데 왜 안 보이는 거야. 분명 어제 여기 뒀는데.

그때 전화가 울렸다. 팀별로 하나씩 놓인 고정전화다.

누군가가 대신 받아주기를 기대하고 주위를 둘러봤으나, 언제 나갔는지 세바도 보이지 않고, 카지도 보이지 않았다.

—— 언제……. 아니 근데, 루는 어딜 간 거야?

출근 시간이 지난 지가 언젠데 아직까지 보이지 않는다.

루는 사무 파트였지만, 지각이 잦고 툭 하면 땡땡이를 쳐서 왜 잘리지 않는지 의문스러운 인물이었다.

어쩔 수 없이 전화를 받자, 귓가에 '아카오 씨 계십니까? 경리인

아카오 아키라 씨! 네? 없다고요? 부서가 다르다고요? 그럼 전달 좀 해주세요!’ 하고 단숨에 우다다다 말을 쏟아낸다.

서둘러 받아 적고 전화를 끊는데, 스윽 하고 일어나는 그림자가 눈에 들어왔다.

“뭔가 바빠 보인다? 뭐 실수라도 했어?”

——이 자식, 있었냐……!

책상 아래에서 침낭을 몸에 둘둘 말고 있던 루의 존재를, 신은 전혀 모르고 있었다.

복장은 오피스 스타일이지만, 자다 깬 얼굴은 어떻게 하지 못했다. 심지어 입가에는 침까지 묻어있는 형국.

과음하다 막차를 놓치는 바람에 잠을 자려 회사에 도로 들어온 게 분명하다.

“으— 온몸이 아파. 내 집 침대에서 안 자면 잔 것 같지 않단 말이야. 아, 졸려.”

“다시 자지 마! 출근 시간이 지난 지가 언젠데!”

“그치만 머리가 엄청 아프단 말이야.”

“바지락된장국이라도 마셔. 술 깨는 데 직빵이라고 법무팀 미야 할멈이 그러더라.”

“아— 진짜, 잔소리 좀 그만 해! 서류부터 찾아야 하는 거 아냐?”

그 말에 신의 뺨이 굳었다.

“너…… 진즉 깨어 있었냐?”

“회사에서 그렇게 큰 소리를 내는 거 아니야~.”

그때 등장한 건 사장비서 겸 총무주임인 아오이였다. 말하자면 총무의 책임자였고, 이는 곧 사무직 쪽의 톱이었다. 사카모토 상사를 1세대 만에 이렇게 성장시킨 사장님의 부인이기도 했다.

“루는 슬슬 일을 시작하자. 그리고 신, 찾던 서류가 이거니?”

“앗, 아 ——! 맞아요, 그거예요! 어디 있었습니까?”

“아까 나구모랑 마주쳤을 때 신 네게 전해달라고 하던데~?”

“네?”

“오늘 회의 때 필요하다며? 잘하고 오렴!”

눈부신 미소를 짓는 아오이 앞에서 쩍 하고 굳어버리는 신.

 ——그 자식……!!

갖고 있었으면 진작 내놓을 것이지, 왜 이러는지 이유를 모르겠다.

혹시 몰라 내용을 확인하자, 서류에 나구모가 쓴 메모가 붙어있었다.

데이터가 부족하다는 정보와 함께 ‘마무리가 허술해서 문제야

~'라는 첨언이.

──그 자식~~!!!

마침 그때 나구모에게서 문자가 들어왔다.

나구모　　"정말 두고 간다~? 그러다 죽어도 난 몰라~"

"으악! 안 돼! 다녀오겠습니다!"

신은 황급히 가방을 들고 사무실을 튀어 나갔다.

엘리베이터를 기다리는 시간도 아까워, 계단을 뛰어내려 건물 출입구로.

1층 복도는 구두가 미끄러질 만큼 매끄러웠다. 벽, 천장, 조명 모두 번쩍일 만큼 잘 닦여있어 눈이 부실 정도다.

──오늘도 확실하게 작업하고 계시네.

작업복 밖으로도 존재감을 뽐내는 동그란 배와 동그란 안경이 인상적인 아저씨가 출입구 쪽에서 청소를 하고 있었다.

말이 없고 무슨 생각을 하는지 짐작을 할 수 없는 이 아저씨는, 혼자서 사카모토 상사의 모든 사무실 청소를 맡고 있는 모양이었다. 늘 느끼지만 엄청난 청소 스킬이다.

"안녕하세요! 오늘도 대단하십니다! 그럼 다녀오겠습니다!"

신이 인사하자, 아저씨는 가볍게 고개를 끄덕이며 인사를 대신했다. 그러는 사이에도 자동문 유리에 묻은 자국을 닦아내고 있었다.

그나저나 저 아저씨, 정말로 말이 없다.

사카모토 상사에 입사한 지 한 달이 되어가건만 매일 얼굴을 마주치는 이 아저씨의 목소리를 여태껏 들어본 적이 없다. 멀리서 아오이와 담화를 나누는 걸 본 적이 있었기에, 말을 못하는 건 아닌 것 같던데.

아주 조금, 아저씨가 신경 쓰이는 신이었다.

아니, 혹여나 미움을 산 건 아닌지 조금 걱정되는 마음이었다.

놀랍게도 양아치 비율이 90퍼센트가 넘는다는 시골 양아치 학교를 졸업한 지 몇 년. 고향에서는 우는 아이도 뚝 그치게 한다는 잭나이프로 이름을 떨쳤던 신이었다.

그대로 고향에 남아 음지의 우두머리로 군림한다……는 미래는 허무했기에 신은 심기일전해서 도쿄에 왔다.

평온하게, 무사하게, 성실하게. 평범한 회사원으로 살아가기로 결심하고, 취직 잡지를 손에 들고 면접을 본 회사만 수십 곳.

그렇게 뛰어다니다가 간신히 붙은 곳이 바로 이 사카모토 상사였다.

3개월의 인턴기간 동안 착실하게 성과를 올려 반드시 정직원이

되자. 신은 그렇게 다짐했다.

그렇기에 청소부 아저씨든 누구든, 이 회사 사람에게 미움을 사고 싶지 않았다.

"늦었잖아~."

신이 회사 밖으로 나가자, 보도의 가드레일에 기대어 서 있던 나구모가 핸드폰에 시선을 둔 채 중얼거렸다.

아니, 그쪽이 서류를 갖고 있다고 한 마디만 해줬으면 이렇게 안 됐거든?

그렇게 항의할 수도 없어, 신은 일단 사과를 했다.

지금은 한시라도 빨리 거래처로 이동해야만 했다.

두 사람이 찾아간 곳은 도심 중심지에 있는 한 빌딩.

그 최상층에 있는 주식회사 ORDER —— 그곳이 오늘의 방문처다.

ORDER는 사카모토 상사와 업무제휴를 맺고 있는, 잘 나가는 식품 메이커다.

그리고 믿을 수 없게도, 나구모는 이 회사의 대표이사이기도 했다.

업무제휴를 체결했을 때, 나구모 본인이 사카모토 상사로의 파

180

견을 신청했다고 한다.

그 이유는 '왠지 재미있어 보여서'였다나.

그런 나구모가 쌩 신입이며 아직 인턴사원인 신을 굳이 데리고 온 이유는, 단순히 사장님 명령이 있었기 때문이었다.

ORDER와의 업무에서 성과를 낸다면 정직원으로 가는 길에 가까워질 터.

이건 분명 사장님이 주신 기회다.

신은 그렇게 생각했다.

사무실을 방문하자, 늘 그렇듯이 오사라기가 마중을 나왔다.

밤의 어둠을 두른 듯한 검은 바지정장을 갖춰 입고 검은 머리카락을 한데 묶은 신비한 여성이다. 처음에는 안내데스크 직원인 줄 알았던 신이었는데, 알고 보니 그녀 또한 임원이었다.

주식회사 ORDER는 소수정예. 그리고 그 모두가 임원이라는 신기한 회사였다.

"안녕~~~ 잘 지냈어~?"

"시시바 씨랑 사람들이 기다려."

평소와 같은 텐션으로 말을 거는 나구모를 무시하고, 오사라기는 무표정한 얼굴로 복도 안쪽으로 걷기 시작했다.

안내받은 곳은 플레이트가 걸려있는 회의실이었다.

——여전히 묘한 긴장감을 풍기네.

신은 꿀꺽하고 침을 삼키고, 나구모의 뒤를 따라 회의실에 발을 들였다.

안에는 이미 시시바, 효우, 타카무라…… 등의 임원들이 앉아있었다.

모두 하나같이 검은색 정장을 입고 있어, 솔직히 위험한 부류의 모임으로밖에 보이지 않는다.

"오늘도 딱 맞춰왔고마."

제일 먼저 입을 연 건, 등까지 내려오는 긴 머리와 턱에 난 큰 흉터가 특징적인 시시바다. 왠지 모를 부드러움이 느껴지는 사투리 때문인지 건실해 보이지 않는 것은 또 아니었으나, 화나게 하면 상당히 위험한 사람이라 들은 바 있다.

"안녕하세요~"

"나구모, 이 자식. 천연덕스럽게 인사하지 마."

실실대는 나구모를 노려본 사람은 효우. 이 사람은 겉모습부터 위험하다. 턱에는 철판 같은 알 수 없는 판이 덧대져 있고, 귀에는 무수히 많은 피어싱을 하고 있다. 생김새 자체가 무시무시한 데다, 몸집 또한 우락부락한 거구였다.

고향에서 마주쳤다면, 노려보는 데에도 상당한 각오가 필요했을 남자다.

하지만 나구모를 비롯한 ORDER 임직원들은 효우를 두려워하는 기색이라고는 전혀 없다.

"커피 가져올게……."

의욕 없는 목소리로 방을 나서려는 오사라기에게 시시바가 말을 걸었다.

"아니, 카시마 커피에서 배달시키는 게 어떻노. 사슴고기 샌드위치도 좀 시키고."

"좋지~. 나도 오랜만에 먹고 싶다~."

바로 동의하는 나구모.

카시마 커피는 이 근처에 있는 카페 같았다.

순록 탈을 쓴 가게 주인이 엄선해 고른 원두를 직접 내려주는 커피와, 사슴고기로 만든 건강한 샌드위치로 좋은 평판을 받고 있는 가게라고 들었다. 사슴은 무려 가게 주인이 직접 잡아온다고 한다.

"됐고, 얼른 시작하자고."

오사라기가 방을 나서자, 효우가 혀를 차며 말했다.

으름장을 놓는 듯한 기세가 고향의 양아치들과 비교할 정도가 아니다.

하지만 신은 이 자리에서 가장 '위험한' 인물은 시시바도 아니고, 효우도 아니고, 당연히 나구모도 아닌, 시종일관 말이 없는 타카무라라는 걸 알고 있었다.

늘상 그렇듯 타카무라는 일본도를 쥐고 있었다.

겉으로 보기에는 지팡이에 의지해 걷는 할아버지 같지만…….

"그래서 이번엔 납득할 수 있는 성과를 낼 수 있는 거겠지?"

효우가 불쾌하다는 듯한 목소리로 말했다.

그 말을 듣고 나구모는 곧장 즐거워 보이는 얼굴이 됐다.

"우와~ 방금 그 대사 무슨 오피스 만화에 나오는 장면 같았어. 제일 먼저 잘리는 담당자 같은 느낌!"

"일일이 도발하지 좀 마레이."

시시바가 어이없다는 듯이 말했다.

효우가 발언하면 나구모가 놀리고, 일촉즉발의 분위기가 되기 전에 시시바가 두 사람에게 경고를 날리는 것 —— 그것이 이 세 사람의 루틴 같았다.

한 박자 뒤에 시시바가 이쪽을 바라보았다.

"그래서 결국 어떻더나? 이제 슬슬 결론을 내려야지 않겠나? 안 그러믄 너희 쪽 루트는 끊어버리는 수밖에."

"누구 마음대로."

저도 모르게 욱하는 성질이 나와 버리는 신.

그러자 아주 희미하게 스릉 하며 칼을 발도 하는 소리가 들려와 회의실 안에 긴장감이 퍼졌다.

신은 서둘러 정정했다.

"그, 그렇게 만들겠느냐는 의미입니다. 그렇게 되지 않도록 최선을 다해, 반드시 좋은 결과를 보여 드리겠습니다!"

타카무라는 업무상 과실에 매우 엄격한 사람이기 때문에 여러모로 주의해야 한다.

안 그러면 엄청난 일이 벌어질 터였다.

신은 이곳에 오기 전에 온 사무실을 뒤져 찾았던, 그러나 사실은 나구모가 들고 있었던 그 서류를 한 부 시시바에게 건넸다.

"뭐, 이라믄 되겠네."

서류를 훑어보며 시시바가 가볍게 고개를 끄덕였다.

"흥. 처음부터 이런 근거를 제시했으면 우리도 반대 안 하지."

시시바에게 건네받은 자료를 보며, 효우도 일단 납득한 모양이었다. 표정은 떨떠름했지만 말이다.

이제 타카무라만 OK 하면 오늘 미션은 일찌감치 완료된다.

그때.

"여기. 콜라 가져왔어."

"??!!"

갑작스럽게 신의 옆에 나타난 오사라기. 신은 소리 없는 비명을 질렀다.

——언제 돌아온 거야……?!

이전부터 느꼈지만, 이 사람은 인기척이 없어도 너무 없다.

양아치 세계에도 그런 유형이 있었고, 단체로 붙을 때 스텔스 특공 역할을 맡기도 했지만, 그에 비견될 수준이 아니다.

콜라를 나눠주는 오사라기로 인해 신의 놀란 마음은 진정되지 않았다.

다른 사람들의 반응은 ——

"오사라기 이 녀석, 탄산음료는 아니지! 어르신도 계신데!"

타카무라를 배려하여 화를 내는 효우. 그는 마침 타카무라에게 자료를 건네는 중이기도 했다.

오사라기는 아니나 다를까 귀찮아 보이는 눈으로 대답했다.

"시시바 씨가 마시고 싶댔어."

"내가 언제 그랬는데? 카시마 커피에 연락은 한 기가? 샌드위치를 기대하고 있었는데."

태클을 건 시시바 역시 표정은 그대로였지만, 살짝 비난이 섞인 목소리였다.

당사자인 오사라기는 콜라를 마시느라 완전히 무시하고 있었지만 말이다.

"사람 말 좀 들으레이. 아, 그리고 타카무라 씨까지 다 읽었나?"

시시바의 시선이 타카무라에게 향했다. 신 역시 타카무라를 쳐다보았다.

타카무라는 깨어있는지 잠들어있는지 알 수 없는 모습으로 서류를 들고 있었다.

──저 사람 계속 눈 감고 있는데 자료가 보이긴 보이나?

신은 타카무라를 빤히 쳐다봤다.

그 직후.

"이봐! 여기, 한자 틀렸잖아!"

타카무라 옆에서 상태를 지켜보던 효우가 고함을 질렀다.

──윽, 어떡해!

그렇게 생각하기가 무섭게 재빨리 칼을 뽑아 서류를 두 동강 내는 타카무라.

동시에 테이블도 두 동강 났다.

순식간에 일어난 일에 신의 얼굴이 새파랗게 질렸다.

몇 센티미터 앞에 앉아 있었더라면 신까지 함께 두 동강 났을 게 확실했다.

더 무시무시한 건, 이게 그나마 나은 상황이라는 사실이었다.

처음 이 회사를 방문했을 때, 신은 타카무라가 플로어를 반파하는 현장을 목격했다.

나중에 들은 얘기로는, 전국적으로 체인점을 내고 있는 레스토랑 돈덴 홀딩스의 직원인 보일이라는 남자가 갖고 온 자료에 '하드보일드'라는 단어가 3번 나왔다고 칼을 뽑은 거라 했으니, 정말로 무시무시한 일이다.

참고로, 타카무라는 전국 거합(居合)협회에서도 최고봉에 서 있는 사람이라고 했다.

——거합의 달인이라니, 장난 아니다.

이 사람한테는 절대 거스르지 말아야겠다고 생각하는 신이었다.

"콜라, 다시 내올게."

"아니, 아니. 이번에야말로 카시마 커피에서 주문해도. 내 부탁이다."

못 들은 건지, 무시한 건지, 오사라기는 말없이 나갔다.

그리고 아무 일 없었던 것처럼 회의가 재개되었다.

언제 정리했는지 새 테이블로 교체돼 있었다. 그 준비성과 신속성이 놀라울 따름이다.

"아——…… 그라믄 내용적으로는 문제가 없는 걸로."

“다행이다~. 제안한 숫자가 잘못됐으면 죽었을지도 모르겠네~.”

―― 농담으로 안 들리거든?

마음속으로 나구모에게 욕지거리를 하며, 일반 회사의 서글픔을 통감하는 신이었다.

그러나 신은 이윽고 사회생활의 고초가 어떤 것인지를 하나 더 깨닫게 된다.

“아, 맞다. 오늘은 의제가 하나 더 있어.”

나구모가 휙 하고 테이블에 올려놓은 자료에는 ‘신규 프로젝트’라고 적혀 있었다.

처음 보는 자료다.

“이건 또 뭐고? 신제품 기획서? 우리가 와 상사(商社) 측에 제품 개발을 제안받아야 하는데?”

――저도 처음 듣는 얘기인데요.

언짢은 얼굴로 펄럭펄럭 기획서를 넘기는 시시바를 보자 신은 당혹스러웠다.

“사카모토가 직접 기획한 거야~. 신제품이라고 해도 한참 전에 제조 중단된 컵라면의 재판이지만.”

“어, 그 곰돌…… 사카모토 씨가?”

다시금 콜라를 들고 들어온 오사라기의 눈이 반짝반짝 빛났다.

―또 콜라를 가져왔네……. 근데 방금 곰돌이라고 말하려다 만 것 같은데.

업무제휴를 하고 있으니만큼, ORDER 임원들은 사카모토 사장님에 대해 잘 아는 거겠지.

곰돌이라고 하려다 만 걸 보면, 사장님은 동그랗고 푸근한 체격일지도 모른다.

순간 신의 머릿속에 청소부 아저씨의 실루엣이 떠올랐다.

―아니, 지금 그게 중요한 게 아니지. 회의에 집중하자, 집중.

신은 나구모와 ORDER 임원들이 나누는 얘기를 놓치지 않도록 집중했다.

"누가 기획했는지는 중요하지 않아. 할 만한 가치가 있는지가 문제지."

"효우는 엑스트라 같은 발언을 잘하더라."

"깐족거리지 좀 마레이."

효우가 쓴소리를 했고, 나구모가 깐족거렸고, 시시바가 중재했다. 다시 또 반복되는 루틴. 하지만 이번에는 여기서 그치지 않고 효우가 말을 더했다.

"너희는 상사라고. 우리 메이커가 만든 걸 소매점에 파는 게 너희 일이고. 번지수부터 틀렸단 말이다."

"그건 아까도 내가 지적했고. 그래도 뭐, 재밌어 보이는 게 해보는 것도 좋을 것 같은데."

시시바가 긍정적인 반응을 보이자, 나구모는 신이 나서 대답했다.

"그치, 그치~? 그리고 이 일은 내가 아니라 신이 담당할 테니까 잘 부탁해~."

"그렇군요…… 아니, 네에?!"

대꾸하던 신이, 믿을 수 없다는 표정으로 나구모를 바라보았다.

나구모는 평소처럼 속내를 알 수 없는 웃는 얼굴로 대답했다.

"사카모토가 직접 지명한 거야. 잘됐다, 그치?"

"처음 듣는데요?!"

"응. 오늘 아침에 듣고, 지금 처음 애기하니까."

"아니 그게 말이 됩니까!"

저도 모르게 신은 테이블을 내리쳤다.

다음 순간, 타카무라가 칼을 뽑았고, 콰앙 하는 엄청난 소리가 울려 퍼졌다.

나구모의 도움을 받아 아슬아슬하게 몸이 두 동강 나는 꼴을 면한 신은, 입을 뻐끔거리며 플로어가 반파되는 광경을 다시금 목격했다.

벽에 커다란 칼자국이 나 있고, 천장에서는 후두둑 하고 파편이 떨어지기 시작했다.

"와~ 역시 타카무라 씨. 여전한 실력이셔~."

그저 감탄하는 나구모.

"목숨은 건졌군, 신입사원."

어딘지 모르게 의기양양한 얼굴의 효우.

"아—…… 또 오피스를 이전해야 하는 기가? 귀찮아 죽겠다."

천장을 보며 중얼거리는 시시바.

"우리 집에서 가까운 곳으로 해."

이유는 모르겠지만, 들뜬 기색을 내비치기 시작하는 오사라기.

정말로 어처구니없는 사람들이다.

"일단 해체업자부터 불러야겠제."

"그럼 아파트 건설업체에 맡겨. 건설업체면 금방 올 거다."

"시시바 씨, 자. 전화 빌려줄게."

"니 핸드폰을 와 주는 긴데?"

그들의 대화를 들으며, 신은 절실히 느꼈다.

사회란 게 이렇게 힘든 세계였나…….

본인이 제일 센 줄 알고 나댔던 옛날의 자신이 부끄러워서 견딜 수 없었다.

“그래서 얘기를 계속하면 말야~.”

“이 상황에서 회의를 계속할 생각이고?”

어이없어하는 시시바를 무시하고 나구모는 말을 이었다.

“사카모토가 신에게 남긴 전언. 인턴기간 안에 이 신규 프로젝트를 완수하면 정직원으로 채용하겠대.”

“정말요?!”

신은 기쁨을 감출 수 없었다.

그걸 본 효우가 씨익 웃었다.

“호오. 재밌는 얘기를 들었군.”

“보통 거래처에서 할 애긴 아니제.”

“그러는 게 더 재미있을 것 같아서~.”

“음…… 파이팅, 해?”

아니 의문문 말고 평서문으로 해주지, 하고 생각하는 신이었다.

ORDER 임직원들을 보니, 전도다난한 미래 말고는 보이지 않았다.

하지만 신은 반드시 성공시키고 말겠노라 다짐하고 있었다.

“신의 프로젝트 성공을 기원하며…… 건배~~~~!”

“몇 번째 건배냐?”

"뭐야~. 축하할 일이잖아. 몇 번이든 건배하면 좀 어떠냐~~?"

"아니, 이제부터가 시작인걸."

"일일이 따지고 들지 말고! 아무튼 마시자!"

이날 신은 한잔하러 와있었다.

회사에서 5분 거리에 있는 일품요릿집 사토다. 여사장인 사토다가 직접 만드는 합리적인 가격대의 가정 요리로 유명한, 루의 단골 가게다.

자리에 함께한 사람은 당연하게도 루와 동기인 헤이스케였다. 거기에 헤이스케의 파트너인 새, 피스케도 함께다.

헤이스케는 입사 시기가 신보다 조금 일렀기에 엄밀히 따지면 선배지만, 나이대가 비슷한데다 마음이 잘 맞아서 동료로 지내고 있다.

사적으로 만나서 서바이벌 게임을 하러 함께 갈 만큼 친한 사이기도 했다.

헤이스케는 이유는 모르지만, 얼굴에 빨간 과녁 타투가 있다. 그 이유도 언젠가 기회가 되면 물어보고 싶다고 신은 생각했다.

마시기 시작한 지 아직 1시간이 지나지 않았건만, 헤이스케와 루에게서는 벌써 취기가 느껴졌다.

"근데 너 진짜 대단하다. 그 ORDER랑 일이라니~~~~."

"그러니까. 난 소문으로만 들었는데, 엄청 위험한 회사라고 모두 그러더라."

아까부터 이 얘기만 몇 번째인지 모른다.

신도 몇 번째인지 모를 대답을 반복했다.

"그렇지. 그래도 하는 수밖에. 정직원이 걸려있는 문제니까."

"ORDER도 ORDER지만, 그 나구모 선배랑 같이 다니는 것도 대단해~."

"그런가?"

"나도 처음에 같이 일한 적 있는데, 진짜로…… 우읍."

"삐, 삐—!"

얼마나 지독한 꼴을 당했는지, 바로 새파랗게 질리는 헤이스케.

"뭐, 그 사람의 업무 스피드와 무모함이 좀…… 장난 아니긴 하지."

입사하고 나서 오늘까지의 일을 회상하다가, 신의 얼굴도 굳었다.

나구모는 신출귀몰이라는 말이 딱 어울리는 남자였다.

같이 사내에서 점심을 먹고 있는 줄로만 알았는데, 5분 뒤 '클라이언트가 지금 당장 데이터를 보내 달래~' 하며 밖에서 전화를 걸어오는, 그런 스타일이다.

“그뿐이 아냐! 몇 번이나, 몇 번이나 날 속였다고!”

맥주를 쭈욱 털어 넣은 루가 테이블에 맥주잔을 거칠게 내려놓으며 말했다.

“속였다면 그거 말이야?”

나구모에게는 기묘한 특기가 있었다.

소름 끼칠 만큼 똑같이 다른 사람으로 변장할 수 있다는 특기였다.

신도 한 번 당해본 적 있는데, 그 퀄리티가 너무 높아서 그냥 그 변장술로 전 세계적인 마술사라도 되지 그러냐는 생각이 들 정도였다.

“나쁜 사람이야! 오늘도 사장님인 척…… 생각해보니 열 받네! 여기요! 레몬 하이볼 대자로 하나요!”

루가 외치자, 카운터 안쪽에서 단호한 목소리가 들려왔다.

“안 됩니다.”

“엥, 아니 왜~?”

주문을 거부당한 건가 싶어 실망한 루에게, 여사장은 싱긋 웃으며 절임과 조림 등의 반찬을 내주며 말했다.

“술만 마시면 못 써~. 이거랑 같이 들어.”

술을 마실 때는 안주랑 같이, 이것이 일품요릿집 사토다의 절대

적인 룰이었다.

기본안주로 나오는 염장다시마와 양배추 무침을 다 먹지 않고서는 술 주문 자체를 받지 않을 만큼 철저했다. 식이섬유를 담뿍 섭취하면 장의 움직임이 활발해져 숙취 예방에 매우 좋다면서, 꼭 먹어야 한다며 내어준다.

루는 내준 안주를 신나게 먹으며 나구모에 대한 불평불만을 이어갔다.

"아무튼 그 녀석은 질이 나빠. 그 녀석 때문에 손님에게 내려던 차를 쏟은 적도 있어!"

"나는 100엔을 떨어뜨린 적도 있다고~~."

"풉. 아하하하하! 헤이스케의 실수는 나구모랑 아무 상관 없잖아~!"

갑자기 웃기 시작하는 루.

——시작됐군, 웃는 주사.

루는 술이 셌으나, 술버릇이 고약했다.

"흐어어엉~ 왜 나만 구박해애애."

"크하하하하! 헤이스케는 툭 하면 울더라~. 헤이스케는 울보야~."

"루, 네가 초딩이냐?"

"나, 나 안 울었어! 훌쩍."

"헤이스케, 넌 울지 좀 마."

한바탕 시끄러워진 신의 테이블.

루가 더 술을 마시게 하면 안 될 것 같다고 생각하는 타이밍에, 여사장이 새 잔을 들고 나타났다.

"주문하신 레몬 하이볼 나왔습니다."

"아, 나왔다. 바로 이거거든~♡ 소주가 2배 들어간 특제 레몬 하이볼♪"

"어머, 어머. 원 샷은 안 되는 거 알지?"

"알지."

여사장은 걱정스러워했으나, 루는 잔에서 입을 떼지 않았다.

"야, 이 멍청아! 말을 하기가 무섭게! 그러다 또 숙취로 고생해."

"지금 나보고 멍청이라고 했냐~~~~~?!"

──다음 단계인 성질 내는 주사에 들어갔잖아!

그때 운이 나쁘게도, 술 취한 다른 손님이 비틀대다가 루와 부딪혔다.

"아, 이런. 미안해요, 아가씨."

"……아앙? 지금 나 쳤냐? 우리 구역에서~~~?"

루의 눈이 착 가라앉았다.

　　──안 돼. 이건 제일 성가신 그 단계야!

"뭐래? 곱게 취해."

일행과 낄낄 웃는 정장차림의 남자.

그런 남자들을 루는 코로 비웃었다.

"후 ──……. 마피아도 꽤나 얕보이고 있나 본데. 우리 패밀리한테 싸움을 걸어놓고 무사히 넘어갈 수 있으리라고 생각하지 마."

예상했던 대로 마피아 자아가 깨어나 버린 모양이었다.

"아, 야! 루!"

신을 노려보는 루.

그 압박감에 저도 모르게 저자세가 되어버리는 신.

"루, 루……. 그냥 넘어가는 게……."

"위험하니까 신은 여기서 기다려."

그렇게 말한 루는 태극권 자세를 취했다.

사실 루는 사범대리 자격을 지녔을 만큼의 실력자였고, 풍문으로 듣기로는 취권까지 마스터했다고 한다.

아무튼 지금은 말려야 한다고 생각한 신은 다급히 헤이스케에게 말했다.

"헤이스케! 말려야 해! 이대로 가다간 저 녀석 ──"

"백 엔…… 내 백…… 쿨……."

"삐이…… 새근……."

"야! 자냐?!"

신은 어쩔 수 없이 자신이 대신 맞을 각오를 하고 끼어들기로 했다.

그때.

"어머—? 신이랑 루 아니니~?"

생글거리며 가게에 모습을 드러낸 사람은, 놀랍게도 아오이였다.

"뭐 해? 싸우는 거야? 그럼 안 되지~."

——사, 살았다!

상대가 아오이라면 루도 무모한 생동은 하지 않을 터.

"흐…… 흐어어어어어엉. 죄송해요오오오오오. 제가 잘못했어요오오."

이제 루는 꺼이꺼이 울기 시작했다.

그때, 카운터 안쪽에서 '계속 싸우겠다면 가만히 있지 않을 겁니다'라는 여사장의 목소리가 들려왔다.

가게의 절대적인 룰은 여사장에게 있으며, 여사장의 당부를 무시했다가는 강제퇴장도 각오해야 한다는 것을 이 가게 단골이라면 누구나 알고 있었다.

그제야 남자들은 겸연쩍게 떠났고, 신은 안도의 한숨을 내쉬었

다.

"죄송합니다. 저 혼자서는 대응을 못 해서."

"후훗. 괜찮아~. 신 혼자서는 힘에 부칠 수밖에. 그러다 루가 중년 남성을 폭행☆ 같은 뉴스가 퍼지게 되면 회사 차원에서도 곤란하고 말이야. 난 곤란하지 않지만♪"

"네?"

너무나 아오이답지 않은 발언에 신은 멍해졌다.

"어머, 왜? 비둘기가 리젠트 머리를 한 양아치한테 쫄아봤다는 표정인걸? 자, 헤이스케랑 루를 데리고 가게 밖으로 버리러 가자."

미소는 평소의 아오이였지만, 내용이 명백히 이상하다.

퍼뜩 신은 깨달았다.

"너, 나구모지? 지금 뭐 하자는 거야?"

열 받은 신은 상대가 회사 선배라는 사실마저 잊었다.

"아, 들켰어~? 맞아. 나였습니다~."

순식간에 아오이가 나구모로 변한다. 아니, 돌아온다.

그걸 보며 '또 속았어어어' 하고 울며 나구모에게 펀치를 날리는 루.

"아야야. 너무하네~. 도와준 건데~."

그런 두 사람을 보며 신은 다시금 생각했다.

도쿄에는, 그리고 사회에는 정말로 특이한 사람들이 잔뜩 있구나…… 하고.

술에 취한 루와 헤이스케를 택시에 태워 보낸 뒤, 신은 다시 한 잔하러 갔다.

장소는 회사 근처에 위치한, 바 시네마.

취미로 필름영화를 찍는, 카나구리라는 가게 주인이 홀로 운영하는 가게다.

영화 지식은 확실했으나, 한 번 입을 열면 멈추지 않는 게 좀 귀찮았다. 그 점만 감수하면 가게 분위기로 보나 술맛으로 보나 흠잡을 데 없는 가게였다.

참고로 나구모는 어느샌가 사라져 있었다.

"주인장, 여기 '고통에는 두 종류가 있다' 한 잔."

신이 얘기한 건 칵테일 이름이다.

이곳의 칵테일 이름은 전부 영화 대사, 영화 촬영지, 혹은 배우 이름으로 되어있었다. 완전히 카나구리의 취향이다. 메뉴만 봐서는 어떤 맛의 칵테일이 나올지 모르겠는 점이 어이없기도 하고, 재미있기도 했다.

"청년, 오늘은 과음한 모양이군."

사장은 쉐이커에 리큐르를 넣으며 그렇게 말했다.

"그냥 조금."

신은 내일부터 시작될 정직원 자리가 걸린 '전투'를 앞에 두고 솔직히 긴장하고 있었다.

그 긴장을 푸는 데에 술의 힘을 조금 빌리고 싶었던 것이다.

"음~~ 좋은 표정이다. 카타스트로피를 연상시키는 눈! 그 안에 빛나는 아주 작은 희망! 필름에 꼭 담고 싶군!"

—— 여전히 뭐라는 건지 모르겠다, 이 인간.

하하하, 웃으며 내어준 칵테일 잔을 기울였다.

제법 독한 칵테일이었다. 사장이 주저리주저리 말을 계속하고 있었으나, 머리에 들어오지 않았다.

신은 겁먹어봐야 소용없다는 생각을 하고 있었다.

—— 죽을 각오로 하다 보면 어떻게든 되겠지!

라이벌 관계에 있는 고등학교에 단신으로 쳐들어가 양아치들을 닥치는 대로 때려눕히던 시절을 생각하면, 어떻게든 할 수 있을 것 같은 생각이 들었다.

——얼른 정직원이 돼서 사카모토 사장님께 감사 인사를 드려야지!

정직원이 되는 것은 물론이거니와, 아직 한 번도 얼굴을 보지 못

한 사카모토 사장님을 만나는 걸 기대하고 있는 신이었다.

다음 날부터 신의 업무는 바쁘기 그지없었다.

ORDER와의 계약 내용을 작성하고, 제분공장을 알아보고.

조금 특수한 기계를 도입한 공장이 필요하다고 하는데, 이로 인해 난항을 겪고 있었다.

──이거 우리가 할 일 맞나?

그런 생각이 안 드는 것도 아니었지만, 기획 제안 by 사카모토 상사이므로 어쩔 수 없다.

공장을 찾는 동시에, 신은 몇 번이나 ORDER를 찾았다.

그 사이 오사라기에게 모두 외근 중이라는 거짓말에 당하기를 네 번.

효우와 언쟁 끝에 멱살잡이 직전까지 가기를 열 번.

시시바에게 담담히 일의 진전에 대해 추궁당하기를 여러 번.

서류의 미비점으로 인해 타카무라가 발도 하기를…… 세 번.

제아무리 신이라지만, 몇 번이나 마음이 꺾일 뻔했다.

그럼에도 신은 이를 악물고 일에 집중했다.

여기서 포기하기는 절대 싫었다.

사건은 ── 그러던 중에 발생했다.

"아~ 어떡하냐. 아무리 찾아도 없어."

옥상 흡연구역에서 신이 한숨을 내쉬었다.

취직을 계기로 끊었던 담배를 최근 들어 다시 피우게 된 신이었다.

"그 제분공장 때문에?"

고기만두를 우물거리며, 걱정스러운 표정으로 헤이스케가 물었다.

작은 고기만두는 루가 간식거리로 만들어온 것이었다.

신에게도 하나 권했으나, 식욕이 없었다.

그런 신을 보며, 헤이스케의 어깨에 앉아있던 피스케까지 걱정스러운 몸짓을 했다.

"닥치는 대로 전화를 걸고 있는데, 죄다 거절당했어."

"그러냐……. 뭐 우리가 도울 수 있는 일이 없을까? 나눠서 하면 조금은 ——"

"아니, 이건 내 일이니까, 내가 해야지."

"하지만 인턴기간이 3주밖에 안 남았잖아. 만약, 만약에…… 그 사이에 못 끝내기라도 하면……."

헤이스케의 목소리가 점점 작아진다. 그러는 헤이스케의 등을 신은 가볍게 툭툭 쳤다.

"야, 재수 없는 소리 하지 마! 어떻게든 해낼 테니까."

"……그래! 신, 넌 능력 있으니까 분명 해낼 거야!"

"어? 어어."

신은 민망함을 숨기려는 듯이 두 번째 담배에 불을 붙였다.

"프로젝트 성공하면, 또 서바이벌 게임 하러 가자! 사실은 새 라이플을 샀거든."

분위기가 확 달라지면서 신나게 말하는 헤이스케. 신도 그런 헤이스케에게 맞춰 밝게 대답했다.

"그거 좋지. 끝나고 온천이랑 술까지 풀로 쏴라."

"그…… 그래! 당연하지! 실컷 마시자고!"

"농담이야. 돈도 없으면서. 더치하자고."

"넌 진짜 좋은 놈이야아아!"

"아, 울지 마."

그렇게 말하곤 웃으며 일어선 신이었지만, 속으로는 상당히 초조했다.

――이대로 못 찾으면 진짜 곤란한데. 근데 헤이스케도 제 업무가 있을 텐데 도와달라고 할 순 없잖아.

자리로 돌아가 크게 한숨을 쉬었다.

──이제 전화 돌릴 곳도 없…… 응?

그제야 본 적 없는 클리어파일의 존재를 깨닫는 신.

파일을 들여다본 신은 숨을 삼켰다.

그곳에는 신이 작성했던 리스트에는 없는 공장 목록이 적혀있었다.

파일 위에는 아오이의 글씨로 적힌 '사카모토 사장님이 주신 거야!' 라는 메모가 붙어있었다.

──대박!

그야말로 하늘의 도우심이다.

헤이스케한테는 자신이 해내야 할 일이라고 폼 잡고 말했지만, 솔직히 눈물이 날 만큼 고마웠다.

마음이 꺾일 뻔했던 신은 완전히 의욕을 되찾았다.

──좋아, 다시 전화를 돌려보자고!

그때, 나구모가 복도에서 빼꼼 고개를 내밀었다.

"아, 여기 있었네~. 시시바가 계약서 반송시켰어~. 수정해야 할 부분을 설명할 테니까 회의실로 와."

"지금요?"

"나 외근 나가야 하는데, 그냥 너 혼자 해결해볼래?"

"~~~~바로 가겠습니다."

전화는 나중에 돌려야겠다고 생각하며, 클리어파일을 책상 위에 내려놓고 회의실로 향했다.

그렇게 서류작업에 시간을 빼앗겼고, 정신이 들어 보니 퇴근 시간이 다 됐다.

——이제야 전화를 돌릴 수 있겠다. 아니, 이 시간에 하면 안 되려나? 그래도 몇 군데 정도는.

축축 처지는 몸으로 리스트를 확인하려다가 신은 파랗게 질렸다.

——없……어?

말도 안 되는 상황에 책상 위에 쌓여있는 서류 더미를 하나하나 확인하는 신.

——역시 없어. 왜지?

결재 서류를 두는 트레이까지 확인했지만, 없다.

"뭐 찾아? 또 서류라도 잃어버린 거야?"

"아니, 잠깐만……."

맞은편 자리에서 루가 의아하다는 표정을 지었다.

신은 필사적으로 기억을 되짚었다.

나구모와 회의를 마치고 자리에 돌아왔을 때까지는 분명히 있었

다.

그리고 그다음 급히 보내야 할 메일이 있었고, 정리해야 할 데이터가 있어서 일단 옆에 뒀는데.

책상 위가 서류 더미로 엉망이어서, 신은 통화하면서 '미안한데 이것 좀 버려주라' 하며 루에게 서류를 전달했다는 사실을 떠올렸다.

신은 조심조심 루에게 물었다.

"루, 내가 아까 건넸던 서류……"

"분쇄기에 갈았지."

"그렇……겠지."

"표정이 왜 그래~? 설마 중요한 서류가 거기 껴있었다거나 그런 건 아니지~?"

깔깔 웃는 루에게 신은 아무 말도 할 수 없었다.

"진짜야?!"

"나, 확인하고 올게!"

"자, 잠깐만!"

급히 일어서는 신을 말리는 루. 루는 굉장히 미안해하는 얼굴로 말했다.

"갈린 종이를 붙여볼 생각인 것 같은데, 그건 무리야. 다, 다시 한번 출력하거나 그러는 수밖에!"

"그럴 수 있으면 벌써 그랬지. 그 목록은 그것밖에……."

사장님께서 챙겨준 서류를 잃어버렸다는 말을 도저히 꺼낼 수 있을 것 같지 않았다.

"그그그, 그치만……."

"너한테 뭐라는 거 아니야. 내가 혼자 해결해볼 테니까 신경 쓰지 마."

"아, 아니, 그게 아니라……."

루는 거의 울 것 같은 얼굴로 말을 이었다.

"분쇄기에서 나온 쓰레기를 좀 전에 지하 쓰레기처리장에 버리고 왔거든."

──말도 안 돼.

루의 안내를 받아 종이 쓰레기처리장에 온 신은, 눈앞에 펼쳐져 있는 광경을 보고 주저앉을 뻔했다.

종이 쓰레기로 가득한 쓰레기봉투가 산처럼 쌓여있었기 때문이다.

"이게…… 다 분쇄기에서 나온 쓰레기라고."

"아, 아까 내가 버리고 왔을 때보다 더 늘었네……."

신은 쓰레기봉투의 산에서 쓰레기봉투 하나를 집어냈다.

빵빵하게 부풀려 있는 쓰레기봉투를 보자, 그대로 좌절하고 싶어졌다.

그럼에도 포기할 수는 없었기에, 신은 마음을 다잡았다.

"……루, 넌 올라가. 퇴근 시간이 거의 다 되지 않았어?"

"설마 혼자 찾게?!"

"어쩔 수 없지. 내 실수인걸."

"그, 그치만."

"넌 어떤 서류인지도 모르잖아."

그 말에 루는 코를 훌쩍이며 자리를 떠났다.

"하아……. 해보는 수밖에 없겠지."

사막에서 사금을 찾는 듯한 서류 찾기의 시작이었다.

서류를 찾기 시작한 지 1시간.

찾아도 찾아도 공장 목록으로 추정되는 종잇조각은 없었다.

배도 고파오고, 눈도 흐려오고, 머리도 안 돌아가기 시작했다.

내가 왜 이러고 있더라? 신은 저도 모르게 고개를 떨궜다.

"역시…… 안 맞는 걸까. 평범한 회사는."

무심코 약한 소리가 튀어나오고 말았다.

그러자.

"거기 누가 있나."

갑자기 들려오는 목소리에 뒤를 돌아보자, 청소부 아저씨가 그곳에 있었다.

"아…… 안녕하세요."

"곧 닫을 시간이야."

신은 놀랐다.

그 말 없는 아저씨가 말을 했다는 사실에.

——이 아저씨 말투가 이랬구나.

무심코 그런 태평한 생각을 하고 마는 신.

"알았으면 나가라."

"아, 아뇨, 그럴 순 없어요. 죄송합니다만, 조금만 더 찾게 해주세요."

아저씨는 잠시 신을 물끄러미 보다가 물었다.

"……뭘 찾는 거지?"

"그게…… 실수로 분쇄기에 넣어버린 서류가 있어서요……. 제 분공장 목록이 적힌……."

"쓰레기를 내놓은 지는 얼마 안 됐나?"

"네. 그래서 이 부근만이라도 찾고 싶습니다."

"알았다. 비켜."

"네?"

멘탈이 나간 듯한 상태의 신을 무시한 채, 아저씨는 곧장 제일 앞에 있던 쓰레기봉투를 열고 그 내용물을 늘어놓기 시작했다.

가늘디가는 종이쓰레기가 서류 형태를 갖춰갔다.

그 손놀림이 마치 천수관음과도 같았다.

찾는 서류가 아니라고 판단되자, 바로 질풍과 같은 속도로 내용물을 도로 쓰레기봉투에 모아 쓰레기 더미에 던지는 아저씨.

그리고 두 번째 봉투에 돌입한다.

──괴, 굉장해. 이 사람은 대체……!

신이 아연히 바라보는 동안, 아저씨는 이제 세 번째 봉투를 도로 묶고 다음 봉투를 향해 손을 뻗고 있었다.

그렇게 일곱 번째 봉투를 열었을 때,

아저씨의 손이 멈췄다.

"찾았다."

그 소리에 서둘러 달려오는 신.

그곳에는 사장님이 준 공장목록 서류가 놓여있었다.

"바로 이거예요! 흐아아아아, 다행이다!"

"그러냐."

아저씨가 덤덤하게 말했다.

정신을 차렸을 때에는 불필요한 종잇조각은 모두 깨끗이 정리된

뒤였다.

"서류를 찾았으니 여긴 닫는다."

"아, 네!"

찾은 서류의 종잇조각을 소중히 품에 안고 아저씨 뒤를 따랐다.

1층에 도착하자마자 '그럼' 하며 떠나려는 아저씨를 신은 잽싸게 붙잡았다.

"캔 커피라도 어떠세요?"

아저씨는 잠깐 생각에 잠기는 듯하더니, '컵라면' 하고 중얼거렸다.

회사 내 자판기에서 캔 커피랑 컵라면을 산 둘은 옥상에 올라갔다.

――아니, 컵라면 자판기가 있는 줄 몰랐네.

아무래도 사카모토 사장님이 컵라면을 좋아하기 때문인 듯했다. 뜨거운 물까지 부을 수 있는 훌륭한 자판기였다.

자신이 붙잡았으니 뭐라고 말을 해야 하는데, 어떻게 말을 붙이면 좋을지 몰라 신은 안절부절못하고 있었다.

일단 캔 커피를 마시는 신.

지친 몸에 달달한 커피가 스며들었다.

"일이…… 힘든가?"

"네?"

"아까 그러던데."

"아뇨, 그건 잠깐 마음이 약해져서……."

설마 들었을 줄은 몰랐기에 민망함이 솟구친다.

하지만 반쯤은 진심인 것도 사실이었다.

자신이 사카모토 상사에…… 더 정확히 말하자면 평범한 회사에 적응할 수 있을지, 신은 아직 자신이 없었다.

양아치처럼 살던 시절에 비하면 사회는 별것 아닐 줄 알았는데, 사회를 너무 얕보고 있었다며 반성하고 있기도 했다.

"제가 여기 있어도 되는 걸까 싶어서요. 왠지 제가 짐이 되는 것 같아서."

"회사는 가족. 기대는 건 나쁜 게 아니야."

그 말에 신은 퍼뜩 깨달았다.

정직원이 걸려있는 일이었기에, 신은 혼자 책임지고 혼자 해야 한다고 생각했다.

그런 신에게 청소부 아저씨는 말했다.

"너 하나 못 도와줄 만큼 다들 빡빡하지 않아."

그 말은 달달한 커피처럼 마음에 스며들었다.

후루
루루룹

──도와달라고 해도 되……는 걸까……?

생각해보면 루도 그렇고, 헤이스케도 그렇고, 계속 걱정해줬다.

사장님 명령이라고는 해도, 그 나구모마저 신을 ORDER에 소개해주지 않았던가.

이 아저씨만 해도 열심히 서류를 찾아주셨다.

──그렇구나. 이게 회사란 거구나.

"감사합니다. 저 이제 조금 알 것 같아요!"

뭔가 깨달은 얼굴로 아저씨를 바라보는 신.

아저씨는 국물을 사방에 튀길 것 같은 기세로 컵라면을 먹고 있었다.

"맛있군."

후루룹 하고 면을 빨아들이는 소리가 옥상에 울러 퍼졌다.

신의 어깨에서 불필요한 힘이 빠져나가는 듯했다.

영업부 사무실로 복귀하자, 루와 헤이스케가 신을 기다리고 있었다.

둘 다 신이 걱정돼서 기다린 눈치였다.

서류를 찾았다고 전하자, 루는 주르륵 눈물을 흘렸다.

루 나름 책임을 느꼈던 모양이다.

"둘 다 미안해. 걱정 끼쳐서."

"흐어어엉. 신은 잘못 없어~~~~~! 제대로 확인하지 않은 내 잘 못이야!"

"야잇, 콧물 묻히지 마! 너 때문이 아니니까 울지 좀 마!"

"그래도 이제 마음이 좀 놓인다. 잘은 모르겠지만 중요한 서류였 다며."

"……어. 그래서 말인데…….."

막상 하려니 민망했지만, 신은 마음을 잡고 두 사람에게 도움을 청했다.

"한 번 더 힘을 빌려줄 수 있어?"

"오옷! 우리가 도울 수 있으면 얼마든 도와줄게~!"

"응! 응! 나도 최선을 다할게!"

끝나면 또 일품요릿집 사토다에서 축배를 들자. 셋은 그렇게 약 속했다.

그리고 셋이 힘을 합쳐, 곳곳에 전화를 돌리는 나날이 계속되었 다.

인턴 종료 일주일을 앞둔 날.

그런 아슬아슬한 타이밍에 공장을 찾아냈다.

“진짜?! 제면 해줄 거예요?!”

흥분하는 루에게서 전화를 건네받은 신.

애기를 들어보니 최근 도입한 제면기가 우리 조건에 딱 맞는다고 했다.

해당 공장은 교외에 위치한 아사쿠라 제분공장.

신은 자료를 들고 곧장 방문하기로 했다.

“앗. 잠깐만! 일단 사장님께 보고부터 드리고——”

“그쪽은 헤이스케한테 맡길게! 동시에 움직이는 게 낫잖아.”

“야, 신! 그래도 누구랑 같이……!”

두 사람은 걱정스러운 눈치였지만, 신은 도저히 가만히 있을 수 없어서 회사를 뛰쳐나갔다.

——왜…… 이렇게 된 거지?

전철을 갈아타고 이동하기를 약 1시간.

아사쿠라 제분공장에 발을 들인 신은, 딱 보기에도 건달 같은 남자들에게 에워싸인 상태였다.

당혹스러운 신 앞에, 보스인 듯한 고릴라 남자가 다가왔다.

“너희 사장을 원망해라.”

그렇게 말하곤 히죽이며 신의 가방을 빼앗는다.

“앗, 이 자식! 돌려줘!”

“조용히 해라. 얌전히 있으면 넌 무사히 보내줄 테니까.”

무슨 상황인지 알 수 없었지만, 이것 하나는 확신할 수 있었다.

——그냥 놓아줄 리가 없다.

손가락을 꺾어 우두둑 소리를 내고 있는데 무사히 보내줄 생각이 없을 리 없다.

위험을 느끼면서도 어딘지 모르게 그리운 느낌이 들었다.

——이런 거지 같은 상황은 고등학교 이후 처음이네.

아드레날린이 솟구친다.

일단 무슨 일이 있어도 가방만은 되찾아야 했다.

그렇게 마음먹었을 때, 보스 고릴라가 말했다.

“가볍게 밟아줘.”

그걸 신호로 우르르 달려드는 남자들.

——젠장! 일대일이면 자신 있는데!

일제히 덤벼드는 남자들을 보며, 신은 저도 모르게 몸을 웅크렸다.

그때였다……!

사악 하고 몸을 감싸는 바람이 불었고, 그 뒤를 이어 남자들의 비명소리가 들렸다.

──뭐, 뭐지?

슬며시 눈을 뜬 신은 경악했다.

건달들이 날아가고 있었다.

그 한가운데 서 있는 건 보스 고릴라가 아니라──

"청소 시간이다."

작업복 밖으로도 존재감을 뽐내는 동그란 배와 동그란 안경이 인상적인 청소부 아저씨가 건달들을 날려 보내고 있었다.

건달들은 금방 제압되었고, 사태는 깔끔하게 마무리됐다.

나중에 알게 된 사실이지만, 그자들은 사카모토 상사의 라이벌 기업이 보낸 무리라고 했다.

신이 진행하던 신규 프로젝트를 망가뜨리기 위해 더러운 수를 쓴 것이다.

양아치들의 싸움도 아니고. 말도 안 된다고 생각했으나, 사카모토 상사의 실적을 부러워하는 기업들이 종종 이런 짓을 벌인다고 했다.

──그래서 루랑 헤이스케가 혼자 가는 걸 말렸구나.

뒤늦게 납득하는 신.

참고로 흑막 회사는 나구모가 처리했다고 한다.

——그 회사는 어떤 꼴을 당했을까.

늘 웃고 있는 나구모의 얼굴이 떠오르며, 신은 저도 모르게 부르르 몸을 떨었다.

공장의 아사쿠라 사장도 무사했다.

사카모토 상사와 얽힌 탓에 안 좋은 꼴을 당했는데도 아사쿠라 사장은 흔쾌히 계약을 체결해줬다. 긴 머리카락을 대충 묶고 수염을 기른 아사쿠라 사장은, 그 수상해 보이는 외모와 달리 좋은 사람이었다. 우연하게도 성이 같은 신을 마음에 들어 하는 눈치였다. 눈물이 날 만큼 고마웠다.

"그런데요……."

모든 게 정리되고 집에 가는 길. 역으로 걸어가며 신은 계속 궁금했던 것을 아저씨에게 물어보았다.

"어떻게…… 도와주러 온 거예요?"

그 질문을 받고 한참 침묵을 지키던 아저씨가 툭 대답했다.

"보고가 들어왔다."

——보고? 설마…….

루와 헤이스케가 사장님께 보고드린다고 했는데…….

우뚝, 신이 걸음을 멈추었다.

"……서, 설마……. 아, 아니죠?!"

그러나 맞아떨어지는 게 한두 개가 아니었다.

오히려 지금까지 알아채지 못한 게 의아할 정도다. 신은 삐질삐질 땀을 흘리기 시작했다.

"……혹시 사카모토 사장님이십니까?"

그 질문에는 대답하지 않고, 걸음을 멈췄던 아저씨 —— 아니, 사카모토가 슥 하고 무언가를 건넸다.

"어, 이건……?"

[월급 17…… 17만 5천 엔……. 잔업수당 없…… 있음.]

——네?

건네받은 건 사원증이었다. 신은 사원증을 받으면서, 입을 열지 않은 사카모토 사장님이 뭐라고 했는지 알 것 같았다.

정직원으로의 승격이 결정된 순간이었다.

그나저나…… 하며 생각을 잇는 신.

——사카모토 사장님의 정체는 과연 뭘까?

사장님인데 매일 청소만 하고, 그런데 회사 실적을 보면 우상향 일변도인 실력파인 데다, 주먹 싸움에까지 능하다.

수수께끼가 많아도 너무 많았다.

하지만.

──사카모토 사장님의 정체가 뭐든 상관없어. 내 은인이고, 내가 목표로 해야 할 사람이야!

신은 마음속 깊은 곳에서부터, 저런 사람이 되고 싶다고 생각했다.

그 후, 신은 ORDER와의 엄격한 교섭을 완수하고, 사카모토가 원하던 컵라면을 완성해냈다.

그 건을 계기로 사카모토 상사는 더더욱 실적을 쌓아갔다.

사카모토 같은 남자가 될 것을 목표로 정한 신이 이 회사에서 눈부신 활약을 하는 건, 아직은 모르는 미래의 이야기다.

언젠가 〈사카모토〉에 나오는 캐릭터들의
제가 모르는 일면이나, 알지 못했던 에피소드를
엿보고 싶은 마음이 있었습니다.
이번 소설을 통해 그게 실현되어
매우 신선했고 또 가슴 설레었습니다!
미사키 렌카 선생님, 독자 여러분,
모두 감사합니다!

후 기

〈SAKAMOTO DAYS 킬러들의 방식〉을 읽어주셔서 감사합니다!
소설판을 담당한 미사키 렌카입니다.

이 책을 읽어주신 독자 여러분과 마찬가지로, 저 역시 설레는 마음으로 매주 월요일을 기다리는 1인입니다.
이번 주는 어떤 전개가 될지, 어떤 전투가 펼쳐질지, 그 세계를 사는 인물들이 어떻게 될지─!
기대하고, 기대하고, 또 기대하며…….
읽기 시작하면 순식간에 다 읽어버려서, 또 다음 주를 기다리는…… 독자 중 한 명입니다.
그래서 〈SAKAMOTO DAYS〉 소설판을 써보지 않겠냐는 연락을 받았을 때, 기쁨과 긴장감에 덜덜 떨 수밖에 없었습니다. 지금도 여전히 떨립니다.
이렇게 멋진 기회를 주셔 감사할 따름입니다.
엄청난 액션 신이 가득한 원작과는 조금 다른 시점에서 쓴 소설판의 세계를 즐겨주시면 감사하겠습니다.

이번 책을 집필할 때, 스즈키 선생님께서 주간 연재로 몹시 바쁘신 와중에도 기획, 플롯 단계에서부터 친히 감수를 해주셨는데요, 그게 정말로 이루 말할 수 없이 감사했습니다. 그리고 세련되고 최고로 멋진 표지와 삽화를 보며 감동하지 않을 수 없었습니다.
이 자리를 빌려 스즈키 선생님께 다시 한번 감사 인사를 드리고 싶습니다.

마지막으로 담당 편집자 로쿠고 님, j-BOOKS 편집부 분들, 점프 담당 편집자 이시카와 님, 교정을 맡아주신 주식회사 나트의 시오타니 님과 사토 님, 이 책의 제작 및 출판에 도움 주신 많은 분들, 그리고 이 책을 끝까지 읽어주신 독자 여러분께 진심으로 감사 말씀 전합니다.

앞으로도 여러분과 함께 〈SAKAMOTO DAYS〉를 응원해 가겠습니다……!

미사키 렌카

CHAMP COMICS

사카모토 데이즈 소설
킬러들의 방식

2024년 6월 23일 초판 인쇄
2024년 6월 30일 초판 발행

원작 : Yuto Suzuki
소설 : Renka Misaki
역자 : 한나리
발 행 인 : 황민호
콘텐츠1사업본부장 : 이봉석
책임편집 : 조동빈 / 정은경
발행처 : 대원씨아이(주)

ISBN 979-11-7245-352-7 07830
ISBN 979-11-7245-351-0 (세트)

서울특별시 용산구 한강대로 15길 9-12
전화 : 2071-2000 FAX : 797-1023
1992년 5월 11일 등록 제1992-000026호

www.dwci.co.kr